# 姫さま純情剣

## 野ざらし道中

山手樹一郎

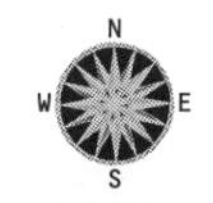


コスミック・時代文庫

サヤ・ブリタニア
アーサー＝ジンと同じく、
400年前の世界から魂のみが転生した人物。
その正体はアーサーの異父姉である
魔女モルガン・ル・フェ。
転生前からの想いを隠そうとせず、ジンに迫る。

「そんな馬鹿なぁ！　竜剣技は一人一流派と
決まっているはずなのにぃっ……!?」

「悪いが俺だけは例外だ」

「な、なんでっ……？」

「四大流派の
始祖だからだ」

# 最強無名の剣聖王 1

～没落した子孫に転生した四百年前の英雄、
未来でも無双して王座を奪還する～

若桜拓海

HJ文庫
1112

口絵・本文イラスト　黒獅子

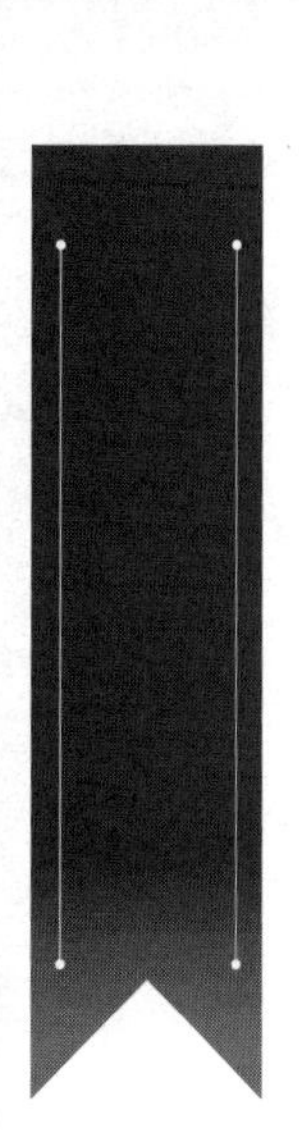

第一話

# 最終決戦

——聖杯（せいはい）大戦。

星の支配権をかけた人類と魔族の総力戦。

戦いは今や最終局面を迎（むか）えていた。

両陣営（じんえい）とも、最高戦力による一騎打（いっきう）ち。

キャメロット王にして神聖円卓騎士団（ディバイン・ラウンズ）の総騎士団（きしだん）長である俺（おれ）ことアーサー。

対するは魔族（まぞく）の首領たる「魔法使（まほうつか）い」マーリンだ。

決戦の舞台（ぶたい）は母なる星の上ではなく、月面。

月そのものを儀式媒体（ぎしきばいたい）とする究極禁忌魔法（きんきまほう）「真月夢幻泡影（ルナティック・パンドラ）」の発動をもくろむマーリン。

それを阻止（そし）するため、俺は異父姉モルガン・ル・フェの力を借りて月へと単騎（たんき）で乗りこんだ。

かくして始まった最終決戦。

俺とマーリン、世界最強の両者の一騎打ちは、何十時間にもわたり熾烈（しれつ）を極（きわ）めた。

そしてついに決着の時が訪れる。

「次で終わりにしてやるぞ、マーリン」

至光聖剣を突きつけて俺は言った。

月面上だが、マナを介せば会話ができた。

「私は名残惜しいよ、アーサー」

界蛇冥杖を構えてマーリンが言った。

白と黒の鮮明なコントラスト。

マーリンの外見を端的に表す言葉だ。

身にまとっているのは漆黒のローブ。

わずかに露出した肌は異様に白く、足首まで届く長い髪は純白だ。

左右で色の異なる金銀妖瞳の眼。

少年のようにも少女のようにも見える。

あまりにも美形すぎて、マーリンの容姿は性別の枠を超越していた。

「最後だから聞いておくが、貴様は男なのか？　それとも女か？」

「さてね。私に勝って『真の王』となれた暁に教えてやろうかな」

会話を終え、最後の一撃の準備に入る。

俺は至光聖剣(テトラグラマトン)を上段に構え、残された全マナを刀身に結集する。

圧縮し、臨界状態へと移行させる。

マーリンは界蛇冥杖(ユグドラシル)を中心に五芒星(ごぼうせい)の魔法陣(まほうじん)を描(えが)く。

全魔力をそそぎこみ術式を構築する。

世界の頂点を極めた力が、まったく同時に解き放たれた。

「――煌龍剣(こうりゅうけん)・零(れい)式決戦奥義(おうぎ)『重破魔劫神滅斬(デウス・エクスカリバー)』ッ！」

俺は渾身(こんしん)の力で至光聖剣(テトラグラマトン)を振(ふ)り下ろし、紫紺(しこん)に煌(きら)めく極大の光刃をほとばしらせた。

「――限界突破魔法(とっぱまほう)『五芒星雲万天烈光(エリクシル・スターバースト)』ッ！」


マーリンは五芒星の魔法陣から五色に輝(かがや)く光の奔流(ほんりゅう)を撃(う)ち放った。

ズァアアアアッ！　激突(げきとつ)する剣技(けんぎ)と魔法(まほう)。最強クラスの力のせめぎ合い。

星をも揺(ゆ)るがす膨大極(ぼうだいきわ)まるエネルギーが、接触面(せっしょくめん)で対消滅(ついしょうめつ)を繰(く)り返していく。

あらゆるものは消滅をまぬがれない。

被害(ひがい)半径は実に一〇〇〇キロにもおよんだ。

月の全質量の三分の一ほどが消え失(う)せ、真空さえも光に呑(の)まれる。

パキンッ……！　ふと、なにかが割れるような音がした。

だが、ここは月面上の真空領域。

音が響くはずはない。

「な――⁉」

俺は目撃した。

竜剣技と魔法が激突した境界面で、虚空に亀裂が生じているのを。

「まいったな、こんなに早く聖杯が出現してしまうとは」

「聖杯だと――⁉」

「そうともアーサー。聖杯は傾き、神の血がこの世界に流出する」

パリンッ！　亀裂の入った虚空が割れ落ち、虹色に輝く不可知領域が出現した。

マーリンがつぶやいた刹那。

現実には起こりえない、世界の裏側の暴露。

既知宇宙の法則を超越した現象だった。

「特異点領域の顕現だよ――！」

虹色の不可知領域が一挙に膨れ上がった。

俺を呑みこみ、マーリンを呑みこむ。

月を呑みこみ、母なる星を呑みこみ、世界そのものを呑みこんでいく。

「な、なんだッ――!?」

次の瞬間、俺の意識と魂はここではないどこかへと流された。

虹色の奔流に意識が流されていく。

空間はもちろん、時間の認識さえ曖昧になる。

一瞬のように短く、永遠と思えるほどの長さを経て。

俺の意識は流れ着き、定着した。

「ぐッ……?」

気がつくと、何者かに首を掴まれていた。

目の前には一体の魔族。

喉に爪が食いこみ、口中には血の味がした。

魔族といってもマーリンではない。

醜い豚を思わせる最下級の魔族、オークだった。

「へへっ、すぐには殺さねえから安心しろよ。数ヶ月ぶりの獲物だからな、たっぷりじっくり楽しませてもらうぜぇ……！」
涎を垂らしながらオークが言う。
俺の思考は疑問一色に満たされた。
（ここは一体どこだ……？）
俺は月面でマーリンと戦っていたはず。
それなのに、ここはどう見ても母星の上だ。
どこかの廃墟の中にいる。
重力の作用や大気の組成からも、母星に帰還したことは間違いなかった。
いつの間にか俺は、月から地上への膨大な距離を移動していた。
だが、俺の身に起きた異常事態はそれだけではなかった。
（この「体」はなんだ？　なぜ俺は「俺」でなくなっている？）
「俺」とは人類最強の剣聖王、アーサー・アンブロジウスを指す。
一九〇センチを超す長身で、極限まで鍛え上げられた肉体の持ち主だった。
それなのに、今の俺はどうだ？
身長は一七〇センチそこそこで体は貧弱。
年齢も一〇歳以上も若返り、少年の風貌となっていた。

外見以上に落差がはなはだしいのは、霊的(れいてき)エネルギーであるマナの量と質だ。

元の俺とは比較(ひかく)にならないほど劣化(れっか)し弱体化している。

なにもかもが違(ちが)いすぎる。

つまり俺は、まったくの別人になっていた。

(なぜこんなことが?)

決まっている。

あのとき現出した虹色の光が原因だ。

マーリンが言うところの特異点領域である。

(俺は母星へと送り返され、さらに別人の体に宿ったということか……?)

とてつもない異常事態が起きた。

それだけは間違いない。

「さぁてと、指の先から順々に潰(つぶ)してやるとするか！　こう、プチプチっとなぁ！」

舌なめずりをするオーク。

「いい悲鳴を聞かせて——ブへぇッ……!?」

すさまじく間抜(まぬ)けな声がもれた。

オークは腫(は)れぼったい瞳で自分の右腕(みぎうで)を凝視(ぎょうし)する。

俺の首を掴んでいた右腕が、肘から切断されていた。

「なッ——なんで俺の腕がぁあああッ……!?」

無様に転倒して尻餅をついた。

「俺が斬り落としたからだ。この愚物が」

口中に溜まった血を吐きだして言った。

マナを活性化させたことで、首についた爪痕もすでに塞がっている。

「なっ、なんでぇッ……!?　武器なんかどこにも……！」

今の俺は徒手空拳。

マーリンとの決戦時に持っていた至光聖剣は、忽然と消え失せていた。

「貴様ごとき手刀のみで事足りる」

俺は右手にマナを集中させ、一閃したのだ。

「い、一体なんなんだお前はァッ!?」

「む？　この姿ではわからんのも道理か」

人間だろうと魔族だろうと、元の「俺」を知らぬ者はこの星に一人もいない。

あらためて名乗る。

それは俺にとって新鮮な行為だった。

「我こそは人類の盟主にして『始原の剣聖王』。キャメロットの主にして神聖円卓騎士団の総騎士団長。貴様ら魔族の不倶戴天の敵たる男、アーサー・アンブロジウスだ」

「ア、アーサー……？」

呆けた顔でつぶやくオーク。

俺の胸に違和感が生じた。

最高位の特級魔族だろうと、俺の名を聞けば無条件に戦慄する。

（だというのに、なんだこの反応は？）

まるでアーサーという名を、生まれて初めて耳にしたような――

「だ、誰だよ？　そんな名前きいたこともねえぞっ……！」

嘘をついている様子はない。

恐ろしく無知な魔族、ということか。

「まあいい。貴様になど用はない」

俺はオークに背を向け、廃墟の出口に足を向けた。

「も、もしかして見逃してくれんのか!?」

「度し難いまでの愚物だな」

深い溜息まじりに俺は言った。

「自分の首が断たれたことに気づかんとは」

「へ――ピぎゃッ……!?」

ずるりと切断面からずれるオークの首。

両手で頭部を押さえようとするが、無駄なあがきだ。

首の切断か脳髄の破壊によって、魔族は死を迎える。

「ぐぇッ……ぐげァァアアアッッッ……!?」

下劣な絶叫とともにオークは絶命した。

魔族は死体を残さない。

絶命したオークの肉体は、ただちに塵へと還った。

とてつもない異常事態が起きている。
その渦中にあっても、俺の関心事はただ一つだった。
「マーリンはどうなった?」
決着はついていない。

それだけは確かだ。
マーリンもまた、虹色に輝く特異点領域とやらに呑みこまれた。
仮に俺と同じ現象が、マーリンの身に降(ふ)り掛(か)かっているなら――
「やつも母星に帰還し、肉体が別人のものに入れ替(か)わった――か？」
確かめなければなるまい。
必ず見つけ出し、今度こそ決着をつける。
この手でやつの首を断ってやるのだ。
俺は廃墟の外へ出た。
「なにっ……？」
視界に映った光景に、思いがけない衝撃(しょうげき)を受けた。
いっとき、マーリンのことさえ忘れてしまうほどの。
「なんだ、これは……？」
俺の目の前には、見たことのない街並みが広がっていた。
夜だというのに、街は魔術(まじゅつ)の光に照らされて昼よりも明るかった。
まるで光の洪水(こうずい)だ。
異様に大きな高層建築物が、立錐(りっすい)の余地なく建ち並んでいる。

出歩く人々の数も信じられないほどに多く、誰もが奇妙な服装をしていた。
「知らんぞ、こんな都市は……」
各地の魔族を討伐するため、俺は世界のあらゆる国を駆け回った。
東西南北、主要な都市は余さず訪れている。
だが、こんな街は見たことも聞いたこともなかった。
ありえない。これは存在し得ない都市だ。
ならば俺の目が映しているものは一体なんなのか？
「考えられる可能性は三つだな」
俺は即座に複数の仮説を導き出した。
仮説その一。俺は幻術ないし精神攪乱系の魔術をかけられている。
肉体が別人になったことも容易に説明できるが、この可能性はまずない。
理由は単純。俺には幻術や精神攪乱系の魔術はいっさい通用しないからだ。
俺には魔術の才能がまったくない。
その代わり、比類なき最強の魔術耐性が生来備わっていた。
次に、仮説その二。ここは似て非なる世界である可能性。
いわゆる並行世界に紛れこんだ、という説だ。

可能性はゼロではないが、限りなく低いと断言できる。

なぜなら、並行世界が実在する論拠は何一つないからだ。

となれば、残る可能性は仮説その三。

これこそが俺の本命だった。

「ここは未来の世界──なのか？」

並行世界と違って、こちらは物証がいくつかある。

まず目の前の都市の設計や建築技術のレベル。

文明は格段の進歩を遂げているが、俺の時代との連続性もそこかしこに窺えた。

空に視線を動かせば、さらなる物証が二つばかり見つかった。

一つは、夜空に輝く星々。

俺が注目したのは、天の中心に鎮座する恒極星だった。

「やはり、位置がわずかにずれているな」

年月の経過は、不動であるはずの星の位置を変えてしまう。

その微妙なずれから、大まかな年代を算出できた。

「一〇〇〇年は経っていない。せいぜいその半分の五〇〇年……いや、四〇〇年あたりか」

俺がいた時代から、四〇〇年後の未来。

すなわち、星暦一八〇〇年の世界に俺は立っているのだ。

「そしてここは地続きの世界だ。間違いなくな」

夜空に浮かぶもう一つの物証。

全質量の三分の一を喪失したいびつな月を見上げて、俺はつぶやいた。

あれこそが動かぬ証拠。

四〇〇年前、俺とマーリンが死闘を演じた確かな痕跡だった。

「――さて、これからどうするか」

未来への漂着。

凡夫ならば途方に暮れるしかない状況だが、俺にはさしたる動揺もなかった。

やるべきことも決まっていた。

「ここが何処であろうと、何時であろうと、必ずマーリンを捜し出してみせる」

ふいに俺は、憶えのあるマナを感知した。

「むっ、この波長は――！」

人が有する霊的エネルギー、マナ。

その波長は千差万別で、特定の個人を識別できる生体情報だ。

「まさか彼女もこの時代に――？」

波長を感知したのは一瞬だが、発信源を特定することは容易だ。

俺は額に二指を当てると、瞑目して精神を集中した。

さらに聴覚も塞ぎ、周囲の物音を強制的に遮断する。

自身の内で増幅したマナを一気に解き放った。

（識ッ――！）

サァッ……！　俺を中心にマナ波が同心円状に拡がっていく。

マナ波は物質を透過し、人に接触すれば固有の響きを返してくる。

「うあっ……!?」

「痛っ……!?」

「な、なにこれ……!?」

「急に気分悪く……!?」

周囲の人々が頭痛や眩暈を訴えだした。

俺のマナ波に中てられたようだが、いちいち気遣ってなどいられない。

脳震盪のようなもので、しばらくすれば元に戻る。

俺のマナ波は五キロ先まで到達し、目当ての波長を捜し当てた。

（見つけた――間違いない）

この時代、四〇〇年後の未来に俺の知己がいる。

となれば、取るべき行動はただ一つ。

直接会いに行くのみだ。

俺は人混みをかき分け、夜の街を駆け出した。

「ぐっ……マナのみならず肉体までなんと脆弱なのだ……！」

本来のアーサーの体であれば、五キロの距離など一瞬で踏破できた。

それが今は、全力疾走しても数分かかってしまう。

新しい肉体に苛々しつつも、俺は目的地にたどり着いた。

「ここだな」

先の大都市の郊外に位置する大規模な施設。

マビノギオン剣聖学院なる名称が掲げられていた。

俺が足を止めたのは、その一角に建つ学生寮の前だった。

「学生とは、あの女に似つかわしくないが……」

彼女の所在地はここで間違いない。

俺は堂々と正面入り口へと進んだ。

王たる者が裏口や窓から訪問するなどありえない。

「ちょ、ちょっと君！　ここは女子寮なんだけど⁉」

入り口にいた少女が声を上げげた。

「案ずるな。用があるのは一人だけだ。他の者に迷惑はかけん」

「そういう問題じゃ――――」

「邪魔するぞ」

構わずに進み、女子寮の中に入った。

目的の人物は最上階にいる。

俺は階段を使って、一階から二階、二階から三階へとのぼっていった。

進むたびに周囲が、とりわけ背後がやかましくなっていく。

「ちょっとなんなのよあれっ、どういうことなのっ⁉」

「し、知らないよぉ！　なんであんなに堂々としてんのっ⁉」

「女子寮って男子禁制だよねっ？　わたし間違ってないよねっ⁉」

何人かの女子が跡を付けてきている。

俺は一顧だにしない。

ひたすら上を目指していく。

「あんなに堂々としてるってことはさ、誰かにお呼ばれされたんじゃない？」

「うっそマジで⁉　入学早々、彼氏連れこんじゃうってこと⁉」

「誰よ誰よ誰なのよっ？　大胆すぎっしょ⁉」

「きゃーっ！　こっちまで興奮してきちゃったんですけど⁉」

背後のやかましい会話は、いつしか好奇心満載となっていた。

俺の知ったことではない。

六階へたどり着き、七階につづく階段に足を乗せる。

背後の女子たちがいっせいに息を呑んだ。

「うっそぉ！　まさか七階に行っちゃうわけなのぉっ⁉」

「マジでマジでマジでぇっ？　よりにもよってあの娘がお相手ぇっ⁉」

「きゃーっ、きゃーーっ！　超やっば！　超ドキドキしてきたぁ！」

「すごくないっ？　ウチら歴史的な瞬間に立ち会おうとしてるよねっ⁉」

寮の七階は床面積が極端に狭く、一部屋しかなかった。

俺はその部屋のドアの前に立つ。

鍵(かぎ)はかかっていないようだ。

俺は迷わずドアを開け放った。

「あらっ？」

中には下着姿の少女が立っていた。

第二話

# 四00年後の再会

少女はきょとんとして俺を振り返っている。
その、美貌。眉目秀麗、明眸皓歯、傾国傾城、絶世独立——
百万の言葉を並べ立てたところで、とても形容しきれまい。
信じがたいほどおおきくつぶらな瞳に、宵闇を溶かしこんだかのごとき漆黒の髪。
なめらかな光沢を放つ髪は常識はずれに長く、両膝の裏側にまで達していた。
非の打ち所のない蛾眉と、理想的な曲線を描く二重のまぶた。
すらりと通った鼻筋と、瑞々しく潤った桜色の唇。
恐るべき美少女が、純白のブラとショーツだけのあられもない姿をさらしている。
肌は透き通るように白く、全身が淡い微光を放っているかのよう。
わずかな染みも一個の黒子も見当たらない。
細長くしなやかな四肢に、くびれた腰と引き締まった臀部。
他の部位には贅肉などないのに、胸だけは危ういまでに豊かにたわわに実っていた。

一〇代の少女としては――否、人類の女性が到達しうる美の極地がここにあった。
だが俺は見惚れもしなければ、劣情を抱くこともない。
無言のまま彼女へ近づき、たおやかな手首を問答無用でつかむ。
逃げられぬよう、背後のベッドに押し倒した。
「あらっ？」
彼女の上体がベッドに倒れこみ、長い黒髪が天鵞絨の絨毯のごとくひろがった。
衝撃で大きな胸がぷるりと魅惑的に揺れたが、そんなものは目に入らない。
左右の手首をつかんで拘束したまま、少女の美貌へと自分の顔を近づけた。
今さらだが、その顔に見覚えはない。
完全なる初対面。それは向こうとて同じはず。
だが、顔が変わろうと肉体が変わろうと、マナの波長だけは変わらない。
魂の固有振動数は唯一無二だ。
少女とは初対面だが、彼女のことは誰よりもよく知っていた。
だから俺は、彼女の魂の名を呼んだ。
「なぜここにいる、モルガン」
果たして彼女は、嫣然たる笑みを浮かべて言った。

「また会えて本当にうれしいわ、アーサーくん」

キャメロット王に、神聖円卓騎士団（ディバイン・ラウンズ）の総騎士団長。

始原の剣聖王という称号（しょうごう）や、単純に英雄（えいゆう）王と呼ばれたこともあった。

しかし俺を「アーサーくん」と呼んだのは後にも先にも一人だけだ。

「モルガン・ル・フェ。お前もこの時代に流されたか」

「ご覧の通りにね」

モルガン・ル・フェ。

人類最高の魔術師（まじゅつし）にして唯一（ゆいいつ）「魔女（まじょ）」の称号を有する女。

その魔術の腕は「魔法使い」マーリンと並（なら）び称（しょう）されるほどだ。

俺とモルガンは仲間ではないし、もちろん恋人（こいびと）でもなかった。

切っても切れない血で結ばれた間柄（あいだがら）――すなわち家族だった。

彼女は種こそ違えど同じ母の腹から生まれた、俺の異父姉だった。

「説明しろ、なにが起きた？　これは如何（いか）なる魔術が原因だ？　なぜ俺たちの魂が四〇〇年の時を越（こ）えて別人の肉体に――っむ！」

「もうっ、アーサーくんったらせっかちなんだから」

人差し指で俺の口に封（ふう）をし、めっという顔をする。

右腕を掴んでいたはずだが、いつの間にか拘束をすり抜けている。

俺に知覚させせないとは、肉体が変わってもモルガンの魔術の腕は健在のようだ。

「まずは二人で再会を祝いましょう。と、いうわけで」

モルガンはわずかに首を動かし、開きっぱなしのドアへと視線を向けた。

そこには四、五人の女子学生が詰めかけ、固唾を呑んで様子を見守っていた。

やかましかった連中も、俺が部屋に侵入して以降は一言も発していない。

モルガンは言った。

「あなたたち、ドアを閉めてもらえるかしら？」

「えっ、でもっ……」

「サヤさん、大丈夫なのっ……？」

新しい肉体を得たモルガンは、サヤと名乗っているらしい。

「問題ないわ。だって彼は家族同然の特別で大切な人なんですもの」

「か、家族同然のっ……！」

「と、特別で大切な人ぉっ……！」

女子たちが浮足立つ。

「それとも——最後まで見たいのかしら？」

異性はもちろん、同性でさえ陶然としてしまう笑みだ。

「しっ、ししっ、失礼つかまつりましたァッ！」

初心な少女たちは、ドアを閉めて脱兎のごとく逃げ出した。

「お邪魔虫はいなくなったわ。それじゃ、アーサーくん」

モルガンは俺に視線を戻す。

突如として頬を赤らめ、瞳を艶っぽく潤ませて言った。

「初めてだから、やさしくしてねっ……？」

恋する乙女の恥じらいを演出し、目を閉じて唇をそっと突き出す。

下着姿でベッドに押し倒された状態でささやく、意味も意図も明白すぎる台詞。

最後の駄目押しといわんばかりの、口づけを待つ期待と不安の入り混じった顔。

ここまでお膳立てをされれば、どれだけ鈍感な男でも「食わぬ」ことはありえまい。

しかし、俺だけは例外だ。

「……まったく」

俺は誘惑されてその気になるどころか、すっかり鼻白んで嘆息した。

再会して早々、こんな悪ふざけを仕掛けてくる相手はほかに誰もいない。

疑いの余地なく、この女は俺がよく知る魔女だった。

「からかうのはよせ、モルガン」

俺はモルガンから手を離し、上体を起こした。

「わたしはいつだって本気なのに。アーサーくんの意気地なしっ」

モルガンが不満そうに頬をふくらませる。

あざといにも程があるが、圧倒的な美貌がすべてを許してしまう。

「見た目は変わっても中身は変わらんな」

「今も昔も初心で清純な乙女ってことかしら」

「初心で清純な乙女なら、少しは恥じらうなり隠すなりしろ」

「わかってないわねぇ、アーサーくん。恋する乙女は時として大胆になるものなのよん」

モルガンは身を起こし、ベッドの上で膝立ちになった。

「わたしの新しい体は気に入ってもらえた？　特に胸なんかほら、昔よりだいぶ大きくてとっても美味しそうじゃない？」

左右の手で量感たっぷりの胸を持ち上げる。

四〇〇年前の彼女も美貌は負けず劣らずだったが、スタイルの良さは比較にならない。

この時代の圧勝だった。

「あんっ、これっ、本当にすごいわぁ！　ぁんっ、なんだかちょっと、気持ちよくなってきちゃったかもぉっ……！」

モルガンは自分の胸を大胆にまさぐっている。

ブラがたわんで危うく中身がこぼれ落ちそうだった。

「さっさと服を着ろ、この馬鹿姉が」

「はぁい」

口を尖らせつつ、結局モルガンは従った。

ナイトガウンを羽織って際どい部分を隠す。

「そもそもなぜ下着姿なんだ。お前なら俺の来訪を察知できたはずだぞ」

「ごめんなさい、慌ててたから間に合わなくて」

めずらしく殊勝に言うモルガンだったが、

「本当は生まれたままの姿でアーサーくんを迎え入れたかったんだけど」

「なぜ全裸で待つ必要がある……！」

服を着ている途中ではなく、脱いでいる途中だったらしい。

どちらにせよ知ったことではないが。

「せっかくの再会ですもの。アーサーくんを喜ばせてあげたくて」

「からかって遊びたくて、の間違いだろう」

モルガンと話していると、俺の嘆息の回数は飛躍的に増大する。

四〇〇年前と変わらずだ。

調子を狂わされている場合ではない。

いい加減、本題に入らねば。

「モルガン。お前も聖杯の影響でこうなったのか？」

単刀直入に俺はたずねた。

「聖杯かどうかは知らないけど、月を起点に発生した『宇宙の虹』に呑みこまれて、気づいたらこの時代に転生していたわ。今から三ヶ月前のことよ」

宇宙の虹。あの現象をモルガンはそう名付けたようだ。

「アーサーくん、月で一体なにがあったの？」

「知らん。俺とマーリンの最強の技と魔法が激突して、宇宙の虹とやらが現れた」

「それだけ？　いくらアーサーくんとマーリンの全力でも、時間跳躍を起こせるエネルギーを生み出せたとは思えないけど――」

モルガンが「魔女」の顔つきで考察する。

こと魔術に関してのみ、この女は真面目になるのだ。

「マーリンはたしかに言っていた。聖杯が現れた、とな」

「聖杯の正体は宇宙の虹ってこと？」

「やつの言葉を信じるならばな」

　いっとき沈黙が降りた。

　聖杯大戦とはその名のとおり、聖杯を争って人類と魔族が起こした戦争だ。

　ただし、肝心の聖杯の正体はいっさいが謎に包まれている。

　誰も見たことがなく在り処も不明。

　しかし、誰もがその存在を識っていた。

　この世界の知的生物は、生まれた時点で聖杯の情報を魂に刻みこまれている。

　――『聖杯は四〇〇年に一度だけ出現し、あらゆる願いを叶える』と。

「それなら納得がいくわね」

　モルガンが口を開いた。

「聖杯が原因じゃなきゃ、こんなこと起こるはずがないもの」

「だとしたら、これはいったい誰の願いだ？」

「マーリン……って感じでもないわよねぇ」

「だろうな。聖杯の出現はやつにとっても予期せぬ事態のようだった」

「ま、よっぽど性格の悪い誰かさんの仕業よね。わたしたちを四〇〇年後に飛ばして他人の肉体に転生させて、おまけに歴史の改変までしちゃってるんだから」

「歴史の改変だと？」

　聞き捨てならない言葉だった。

「どういうことだ？　いや待て、そもそも聖杯大戦の決着は？　俺とマーリンの勝負はどうなってた？」

　ひいては、人類と魔族のいずれが勝者となったのか。

「……落ち着いて聞いてね、アーサーくん。絶対に怒らないでね？」

　奥歯にものが挟まったように言う。

「わかったから早く答えろ」

「聖杯大戦は人類側が勝利して魔族は衰退。その後の四〇〇〇年間は大きな戦いのない平和な時代が続いたわ。この時代にはそう伝わっているんだけど――」

「実際には、マーリンとの決着はつかずじまいだったがな。釈然としないが、まあ良しとしよう」

「ただ、ね」

「ただ、なんだ？」

　モルガンは恐る恐る口を開いた。

「……アーサーくんの存在が、歴史からきれいさっぱり抹消（まっしょう）されちゃってるみたいなのよね」

俺は言葉の意味を咀嚼（そしゃく）して、

「なんだとっ⁉」

思わず声を張り上げた。

「いやんっ！　怒らないでって言ったのにぃ！」

身を縮こまらせるモルガン。

俺は彼女の両肩（りょうかた）を掴（つか）んで問いただした。

「どういうことだ？　ならば一体誰がマーリンを討（う）ったことになっている？」

「だ、誰でもないわよぉ。だってマーリンも最初からいなかったことになってるんだからぁ」

「馬鹿な……」

モルガンはふざけた性格の持ち主だが、意味のない嘘は決してつかない。

長い付き合いで俺はよく知っていた。

「聖杯大戦は七剣聖（しちけんせい）を筆頭とした神聖円卓騎士団（ディバイン・ラウンズ）と特級魔族七二座の戦い。この時代ではそうなっちゃってるのよ」

「信じられん……」

さしもの俺も衝撃を隠しきれなかった。

「歴史の改変。言うは易しだが、実際にやるとなると不可能に近い」

歴史とは国家や権力者だけのものではない。

支配者に都合のいい歴史を「正史」としたところで真実は消せない。

人にはそれぞれ言葉があり物語があり記憶(きおく)がある。

昔から巷間(こうかん)でいわれるように、人の口に戸は立てられないのだ。

「そうよねぇ。全人類の記憶操作でもしない限り、完璧(かんぺき)な歴史の改変なんて絶対に無理だもの」

「そんな魔術はお前やマーリンでも到底(とうてい)成し得ない」

モルガンはうなずいて、

「それにね、歴史の改変は人類だけじゃなくて、魔族の側にもおよんでいるみたいなのよね」

「む。言われてみれば、先ほど始末したオークも我(わ)が名を知らなかったな」

「アーサーくん、転生して早々に魔族と鉢合(はちあ)わせしたの？　この時代だと滅多(めった)に見ることはないのに」

呆れたようにつぶやくモルガンだった。

「俺とマーリン以外に改変された歴史はあるのか？」

「そうねぇ、あとは『わたし』かしら」

胸に手を当てて言う。

「魔女モルガン・ル・フェの名前も魔術の歴史にいっさい出てこないのよね。時間跳躍と歴史からの抹消はセットの法則みたいよ」

「ならばやはりマーリンも――」

「可能性は大いにあるでしょうね。この時代でマーリンの魔力を感知したことはまだないけど」

「俺とお前の転生時期にずれがあったように、マーリンはまだ到着していないのかもな」

決着がついていない以上、マーリンは必ずや現れる。

俺には運命にも近い確信があった。

「ときにモルガン。元の時代と元の肉体に戻ることは可能か？」

叶うならば当然そうしたかったが、

「限りなく不可能に近いわね。時間魔術も魂魄魔術も理論すら確立されていないいんだから」

「この時代でもか」

四〇〇年も経てば魔術も飛躍的な進化を遂げているはずだが。

「それが全然なのよ。聖杯大戦後の魔術はひたすら便利で誰もが気軽に使える方向にいっちゃって、進化どころか退化しちゃってるのよね」

不可能を可能にし、空想を現実にするのが魔術の本分だ。

しかし聖杯大戦が終結したことで、魔族との戦いは激減。

魔術は進化する力を失ってしまった、ということか。

「魔術が退化したということは、まさか騎士も……？」

「もちろん退化してるわよ。この時代の騎士の平均レベルは、四〇〇年前の平民にも負けちゃうくらい」

「信じがたいな……」

「平和な時代の弊害ね」

気楽な調子でモルガンは言った。

「なんだか楽しそうだな」

「それはもう。だって、第二の人生を生きられるなんて夢にも思わなかったんだもの。こうなったら目一杯楽しまないとね」

モルガンは俺に目配せをして、

「アーサーくんはどうするの？」

「マーリンと決着をつける。それだけだ」

「そのあとは？」

「考えたこともない」

俺には戦後のことなど考えている暇はなかった。

それほどまでに四〇〇年前の聖杯大戦は熾烈だったのだ。

「む――」

突如、俺は猛烈な眩暈に見舞われ、足元がおぼつかなくなった。

「アーサーくん、大丈夫？」

「案……ずるな。さすがに疲れて……眠い……だけだ」

肉体ではなく精神が限界に達していた。

考えてみれば当然だ。

マーリンと何十時間も死闘を演じた直後、四〇〇年もの時間を旅してきたのだから。

不覚にも俺はよろめき、モルガンの胸に抱きとめられた。

やわらかな感触が顔全体をつつみこむ。

「ベッドまでいけそう？」

「無理……だな。許せ……」

もう話すことも億劫だ。

俺はいさぎよく睡魔を迎え入れた。

「お休みなさい、アーサーくん。ふふっ、わたしの胸で眠っちゃうなんて子供のとき以来ね」

◇◇◇

マナの活力をみなぎらせた一流の騎士は、不眠不休で何日間も戦い続けることができる。

騎士の頂点に立つ俺ことアーサーならば、数ヶ月は余裕だった。

睡眠をとったのは久方ぶりだ。

朝まで回復に努めた俺は、ぱちりと目を覚ました。

「おはよう、アーサーくん」

視界に飛びこんできたのは、世にも美しい少女の顔。

モルガンが同じベッドで添い寝をしていた。

それも一糸まとわぬ姿で。

「……なにをしている？」

目覚めて早々、俺は軽い頭痛を覚えた。

「なにって、事後の睦言よん」

誓って言うが、事は起きていないし睦んでもいない。

俺は服を着たままだった。

「まったく――」

起き上がると、シーツを引っ掴んでモルガンにおっかぶせた。

「さっさと服を着ろ！　この馬鹿姉が！」

「きゃうんっ⁉」

「悪ふざけがすぎるぞ。お前とのあいだに間違いなどあるものか」

「むっきゅー！　言っておきますけどねアーサーくん、今のわたしたちは肉体的に姉弟でもなんでもないんだからねっ！」

モルガンが亀のようにシーツから頭を出した。

「肉体が変わろうと別人になりはしない」

だからモルガンとの関係も変わりようがない。

俺にとって彼女は、あくまでも姉であり家族なのだ。

「それより体を洗いたい。風呂を借りるぞ」

「なんですとっ！　それならわたしもご一緒するわっ！」

シーツにくるまったまま付いてくる。

「なぜそうなる？」

「こ、この時代では若い男女が一緒にお風呂に入るのは普通で常識で健全で当たり前のことなんだから！　本当に本当なんだから信じてお願いっ！」

目を泳がせてやたらと早口でまくし立てる。

俺はため息をこぼした。

モルガンは意味のない嘘はつかない。

しかし——

「くだらん嘘をつくな、この馬鹿姉が」

ぴしゃりと言って俺は浴室のドアを閉めた。

「つくづく貧弱な肉体だな」

浴室の鏡に映った己の姿を見ると、失望せざるを得なかった。

最低限の筋肉しかついておらず、鍛錬とは無縁の肉体だ。

本来の俺、すなわちアーサーとの共通点は美しい金髪と碧眼のみ。

それ以外は似ても似つかない。

これが今の俺とは嘆かわしい限りだった。

折を見て徹底的に鍛えてやらねばなるまい。

「マナの質と量も惨憺たる有様だが、この波長は――」

マナの波長は個人を特定する生体情報。

そしてその情報の一部は、親から子へと受け継がれていく。

「なんと。アーサーの遠い子孫だったのか、この少年は」

確信をこめて俺はつぶやいた。

間違いない。間違えようがない。

俺の魂が定着したのは、俺の血を受け継ぐ少年の肉体だった。

四〇〇年前の時代、妃とのあいだにもうけた幾人かの子供。

その子孫が血脈を保っていたのだろう。

「我が血を受け継ぎながらこの体たらくとは、なおさら嘆かわしい……」

俺は感動するどころか気が滅入るばかりだった。

シャワーを浴びて浴室を後にすると、部屋の中央でモルガンが仁王立ちしていた。

服もしっかり身につけている。

デザインから察するに、ここマビノギオン剣聖学院の制服だった。

「さっぱりして心機一転、生まれ変わった気分かしら。ジン・アルトリウスくん?」

モルガンは俺をそう呼んだ。

「ジン――とはこの体の持ち主の名か」

「御名答よん」

モルガンがくいっと指を動かす。

魔術の力によって、書類や金属のカードが宙を漂って俺の前まで来た。

そこには個人情報が記されていた。

「ジンくんの所持品をちょちょいと調べさせてもらったの」

入浴中、俺の身につけていた衣服やら鞄やらを物色したらしい。

「ジン・アルトリウス。一六歳。両親はともに不明の孤児で――貧民街の出身だとっ？」

「アーサーくんがいなかったことになってるんだから、子孫のジンくんが零落しちゃうのはしょうがないわよ」

「む、俺の子孫だと気づいていたか」

「えっへん」

さすがは魔女モルガン。

マナの扱いや探知は俺より一枚も二枚も上手だ。

「ジンもこの剣聖学院に在籍しているようだ。普通科の一年生で、勉学の成績は優秀だな」

「わたしは術師科の一年生。ちなみに昨日が入学式で、今日が初の登校日よ」

「学院に通う気なのか」

「もっちろん」

「四〇〇年前は考えられなかったことだな」

「だからいいんじゃない。二度目の人生、前とは違う生き方をしないとね」

モルガンはうきうきしていた。

「アーサーくんあらためジンくんも、一緒に学院に行きましょう」

「この俺にジン・アルトリウスとして生きろと？」

「そうは言ってないわ。だってアーサーくん、ほかの誰かになりきるなんて絶対に無理でしょ」

「当然だ。どんな姿になろうと俺は俺だ。生き方を変える気は毛頭ない」

「だけど、マーリンを捜すなら剣聖学院に通うのが一番の近道だと思うわよ」

「どういうことだ？」

「剣聖学院は西方諸国で唯一の騎士と術師の養成機関。魔族の情報は自然と集まるわ」

「ふむ。それにやつらの習性上、学院の関係者は狙われる可能性が高いか」

「そうそう。卒業後に正規の騎士になれば、討伐任務が回ってくるみたいだしね」

「俺があらためて騎士になるとは奇妙極まりない話だがな」

だが、ジンとして学院に通う方針に異存はなかった。

「いいだろう。俺も学生とやらに身をやつしてやる」

「そうと決まれば、まずはこの時代の予備知識を頭に入れておかないとね」

モルガンは一通り説明した。

「ジンくんはいったん男子寮の自室に戻って準備をすませてきて。八時に学院の正門前で待ち合わせしましょう」

「いいだろう」

俺は了解し、モルガンの部屋を後にしようとしたが、

「いけないいけない、いちばん大事なことを忘れてたわ！」

モルガンは居ずまいを正して言った。

「初めまして、ジンくん。わたしはサヤ。サヤ・ブリタニアよ」

両手でスカートの裾をつまみ上げ、優美に一礼する。

つとモルガンは俺の手をとり、顔を近づけた。

「今ここでわたしは誓います。今度こそ身も心もあなたに捧げて生涯を添い遂げると」

恋する乙女のまなざしと、熱烈な愛の告白。

だが、騙されてはいけない。

相手はほかならぬ魔女モルガン・ル・フェなのだから。

散々からかって遊び倒す、くらいの意味に受け取っておけばいい。

「いいかげん手を放せ。用が済んだなら、俺はもう行くぞ」

「あんっもう！　ジンくんってば意地悪なんだからぁ！　でもそんなところも好き好き大好きぃ～ッ！」

付き合っていられないので、俺はさっさと退出した。

「ひゃわっ⁉」

部屋を出たとたん、ドアの脇にかがみこんでいる女子二人と目が合った。

実は室内にいた時から気配は察知していた。

「せ、正々堂々と朝帰りっ！」

「これは事件ですよ！　大事件ですよっ！」

興奮して騒ぎ出す。

無視して横を通り過ぎたが、

「あのっ！　サヤさんとはどのようなご関係でっ⁉」

「一晩中二人っきりでなにをなさってたんですかっ⁉」

俺とモルガンの関係を邪推されても心外だ。

ここは包み隠さず正直に答えるとしよう。

「俺とサヤの関係は家族のようなものだ」

「はうぁっ⁉」

「話をして、ベッドを借りて、朝にシャワーを浴びた。以上だ」

「にょわっ⁉」

なぜか固まった女子たち。

これ以上は構っていられないので、俺は歩みを再開した。

「「きゃーーーーーーーーーッッッ⁉」」

ほどなくして背後で黄色い声が上がった。

「はて。なにを興奮しているのやら」

わけがわからない。

この時代特有の気質なのだろうか。

女子寮(じょしりょう)から見て校舎を挟んだ反対側に、男子寮は位置していた。

ジンの自室にたどり着いた俺は、さっそく学院の制服に袖(そで)を通した。

制服は襟(えり)と袖の色が学年を示し、胸元(むなもと)の徽章(きしょう)が学科を表している。

ジンの制服は襟と袖が赤で、徽章のデザインは「ペンと書物」。

普通科の一年生ということだ。

術師科のモルガンの制服はというと、徽章のデザインが「杖(つえ)と水晶玉(すいしょうだま)」だった。

「生地も仕立ても悪くないが、戦闘向きとは言いがたいな」

騎士の衣装といえば、糸の一本一本にルーン文字を織りこんだ魔導繊維製と決まっている。

四〇〇年前はそうだった。

「これは模擬剣か」

刃の付いていない儀礼用の短剣も、学院から支給されていた。

柄といい鍔といい鞘といい、意匠が華美すぎて俺の好みではなかった。

それでも学生証の役割を果たすため、校則で帯剣が規定されていた。

ちなみに騎士科の学生はより長い模擬剣を帯びる。

術師科の学生は、登下校時にトンガリ帽子と丈長のローブを身につける。

「酷いなまくらだが、手刀よりはましだな」

剣という形状は、それだけでマナの切断属性を向上させる作用を持つ。

模擬剣を腰に下げ、俺は登校の準備を完了した。

時刻は七時三〇分。

「モルガンは待ち合わせがどうのと言っていたが」

教室の場所はすでに把握ずみ。

モルガンの案内など必要ないと判断し、俺は学院に向かった。

第四話

# 決闘

モルガンから聞いたところによれば、ここはアバロン連邦国の首都ロンディニア。

マビノギオン剣聖学院は、ロンディニアの郊外に位置していた。

アバロン連邦国は、西方諸国最大の島であるアルビオン島を領土としている。

そこにはかつて我がキャメロット王国と王都ペンドラゴンがあったのだが、今は影も形もない。

「王亡き後、国も都も滅び去るのは道理だが……」

その事実を知ったとき、俺の心中は穏やかではなかった。

「歴史の改変は徹底しているようだな」

キャメロットやペンドラゴンの名は、アーサーと同じく歴史に記されていなかった。

そのくせ神聖円卓騎士団で俺に次ぐ実力者だった七剣聖、ランスロットやガウェインは英雄の筆頭として扱われている。

剣聖学院はもちろん、アバロン連邦国そのものが彼らによって建国されていた。

「俺以外の主要な騎士は軒並み英雄扱いされている。やはりこの時代に飛ばされたのは俺とモルガンだけか」

真実の歴史を知るのは俺たち二人だけということだ。

「しかし俺が学生になるとはな」

学校なる教育機関は、四〇〇年前にもいくつかあった。

もちろん王族に生まれた俺は通ったことなどない。

が、為政者としては興味を抱いていた。

「少年少女に集団教育を施せば、たしかに学習効率は良い」

反面、優れた者や特異な才能を持つ者は、抑圧されて息苦しさを感じるだろう。

能力を伸ばすどころか、封殺することにもなりかねない。

しかし――

「学生の質を見る限り、杞憂だな」

マビノギオンは巨大な学院で、全校生徒は三〇〇〇人を超す。

朝の登校時間、校庭内を多くの学生が歩いていた。

が、俺のお眼鏡に適う逸材は皆無だ。

「どいつもこいつも度し難いまでに弛んでいる」

騎士科や術師科の学生ですら、体から無駄にマナを垂れ流していた。

基礎的な制御ができていない証拠だ。

「はて。ここは西方きっての才子才媛が集まる学院だったはずだが」

自室で目にした入学案内書を思い出す。

設備の豪華さや充実度から判断するに、誇大広告ではないはず。

モルガンが言ったとおり、騎士も術師もひどく劣化しているようだ。

「まったく、つくづく嘆かわしいな」

俺は嘆息を禁じえなかった。

新入生はジンと同じ一六歳。

その大多数は貴族の子女で構成されていた。

貴族とは四〇〇年前の聖杯大戦で功績を挙げた、騎士なり術師なりの末裔とのことだ。

英雄たちの子孫。才能にあふれて然るべき貴族の子女たち。

だが四〇〇年前の基準では、平民の子供にも劣る習熟度だった。

「む、なんだこれは」

俺は回廊の柱に目をとめ、人の波から離れて足を向けた。

「設計者の神経を疑う柱だな……」

ロンディニアの街並みもそうだったが、校舎や校庭の様式も俺の美意識にそぐわない。

豪奢で華美。装飾過剰でけばけばしい。

この柱はとりわけ醜悪だった。

「複雑怪奇な彫刻など百害あって一利なし。柱に必要なのは無駄な装飾ではなく機能美だとなぜわからん……！」

彫刻の凹凸を指でなぞると、ぞわりと嫌悪感がこみ上げてきた。

「――なあ、いいだろ？　ちょっとお茶するだけだって」

そのとき、奥の柱の陰から声が聞こえた。

「あのぅ、先輩。そういうの困るんですけど……」

「困らねえって。むしろ楽しませちゃうからさぁ、な？」

少年と少女の声。

強引に迫られ迷惑している構図。

柱の陰を覗きこむと、そのとおりの光景が目に入った。

「ですから……」

「いいのかなぁ、断っちまって？　ボーンヘッド家の長男に誘われるなんて滅多にない機会だぜ？」

柱に片手をついて、少年が迫っていた。

身長は一八五センチほど、肩幅が広く体格に恵まれている。

顔は岩肌のようにごつごつしていて、お世辞にも端整とは言い難い。

左右を刈り上げて真ん中を逆立てた、品性の欠片もない髪型をしている。

髪の色は金髪。ただし天然ではなく人工的に染めたくすんだ色だ。

見苦しいことに、つむじや生え際のあたりからは地毛の黒い髪がのぞいていた。

制服の襟と袖は黄色で、徽章のデザインは「剣と盾」。

つまり騎士科の二年生だった。

「いやあの、わたし今のところ、男の人とお付き合いは考えていないので……」

迫られて困惑しているのは、小柄な少女だった。

こちらは天然の長い金髪で、毛先のみウェーブがかかっている。

目鼻立ちは端整で、愛くるしい雰囲気の美少女だった。

制服の襟と袖は赤で、徽章のデザインは「ペンと書物」。

俺と同じ普通科の一年生だった。

「警戒しなくても大丈夫だって。絶対変なことしないって誓うから。一回だけお茶に付き合ってくれよ。な、いいだろ?」

「はぁ、でも先輩――」

その瞬間、少女の瞳がすっと色を失ったように見えた。

「お茶に変な薬を混ぜちゃうのはまずいと思うんですけど」

「んなッ……⁉」

少年が言葉を失う。

図星をつかれた顔だった。

「その手口で何人も女の子を……うわ、最低ですね」

「な、なんでそれをっ……⁉」

一瞬で立場は逆転し、少女が攻める側に回っていた。

「――固有魔術『白明心眼』」

自分の瞳を指差して、

「わたし普通科ですけど、特別な『眼』を持っていまして」

「と、透視系の固有魔術って……マジかよ……！」

怯えた表情で後ずさる少年。

が、ふいに足を止めて下卑た笑みを浮かべた。

「はっ！　知られたからにはしょうがねえ！　嫌でも付き合ってもらうからなぁ！」

「え、あれっ？　むしろ状況悪くなってます……？」

再び攻守は逆転してしまった。

力に訴えられたら、透視系の魔術ではどうしようもない。

「……やれやれ」

ただでさえ気分を害されていたのに、輪をかけて胸糞が悪くなった。

何百年たっても人間は変わらないと痛感する。

弱き者に暴力を振るい、思い通りにしようとする。

この手の唾棄すべき輩には、無条件に虫唾が走った。

「おい、そこの下郎」

侮蔑をこめて俺は言った。

「はっ……？」

唖然として見つめ返す下郎。

理解が追いつかない表情だ。

愚鈍さはオークといい勝負かもしれん。

「女を脅す前にその無様な髪をどうにかしろ。目障りで見るに堪えん」

頭を指差す。

地毛がのぞいた人工の金髪は、俺の美意識とは相容れなかった。

「聞こえているのか、下郎。貴様に言っている」

「は、え、なに……？　俺いま普通科の一年に馬鹿にされちゃったわけ……？」

下郎は顔を真っ赤にし、額に青筋を立てていた。

激怒しているが、少なからず困惑もしている。

喧嘩を売られたことが信じられないようだ。

「ボーンヘッド家、だったか。それが貴様の家名なのか？」

「そうだぜ！　誰に喧嘩売ったか教えてやらぁ！　俺は由緒正しきボーンヘッド家の長男ジャーク様だぞ⁉」

「──くくっ、はははは っ！」

俺は我慢できずに笑い出した。

「なに笑ってやがる⁉」

「知らんなら教えてやろう。ボーンヘッドとは『間抜け』を意味する古い言葉だぞ」

「ンなッ──⁉」

「ぷっ！」

下郎ことジャークが絶句する。

少女も思わず噴き出していた。

「そんな恥知らずの家名を自慢げに喧伝するとは、貴様は真正の間抜けに違いない」

「テッ、テんメエッ――――！」

ジャークは激昂し、腰の模擬剣に手をかけた。

抜剣して斬りつけてくる。

ガギンッ！　俺は自分の模擬剣を引き抜き、たやすく一撃を受け止めた。

「なにィっ……!?」

ジャークが目を丸くした。

普通科で体格的にも大きく劣る俺に、涼しい顔で斬撃を防がれた。

それがよほど信じられないようだ。

「な、なんで普通科のチビが剣を使えるっ……!?」

驚きはしたが、ジャークは剣を収めない。

自分から斬りかかった以上、引っこみがつかなくなっていた。

いったん間合いをとり、模擬剣を両手で構えた。

「間抜けのジャーク。学院内で抜剣した以上、これはもう『決闘』だ」

学生どうしの斬り合いはご法度。

露見すれば停学はまぬがれず、最悪の場合は退学処分もありうる。

その掟の唯一の抜け道が、古来つづく騎士の伝統的風習「決闘」だ。

騎士は自分の誇りが傷つけられたと感じたとき、真剣勝負を挑む権利を有する。

ひとたび両者が決闘と認めたなら、殺傷しても罪にはいっさい問われない。

自分も相手も多大なリスクを背負う行為。

だからこそ、おいそれと認めていいものではないのだが――

「いいぜ決闘だ！　どこの誰だか知らねえが名乗りやがれや！」

「我が名は――ジン。ジン・アルトリウスだ」

「ジン・アルトリウスッ！　ジャーク・ボーンヘッドの名にかけてテメエに決闘を申しこんでやらァッ！」

思惑どおりジャークは乗ってきた。

単細胞かつ直情径行な男だ。

「えええっ……なんですかこの超展開は……？」

少女のことはすでに忘却の彼方だった。

「決闘とは願ってもねえ！　半殺しですむと思うなよなぁ！　ぶっ殺してやっから覚悟しやがれやァッ！」

気勢を上げ、ジャークは正眼に構えた。

「貴様など殺す価値もない。だがその見苦しい頭は綺麗にしてやろう」

俺は無形の位。

右手一本で持った剣をだらりと下げた、構えともいえない自然体だった。

「なにしてんだテメエ？　とっとと構えやがれや！」

「構わん、かかってこい。威勢がいいのは口だけか？」

「ナめてんじゃねえええッッ！」

ジャークが上段から斬撃を繰り出す。

俺は剣を振り上げて対応。

最小限の動きで斬撃をそらした。

無形の位を「侮り」と受け止めた時点で、力量はうかがい知れた。

無形の位こそは究極の構え。

一見すると隙だらけだが、実際には微々たる隙も生じさせない。

達人が無形の位をとったなら、間合いへ踏みこむには決死の覚悟がいる。

が、ジャークはあっさりと斬りかかってきた。

やつが鈍いこともあるが、ジンの貧相な肉体も理由だろう。

「おらっ！　どりゃぁっ！　うぉらぁっ！」

模擬剣を両手で持ち、大振りを繰り返すジャーク。

俺が反撃に転じないため、自分が優勢だと勘違いしていた。

怒りに染まっていた表情がしだいに緩んでいく。

「はっはぁ！　どうしたどうしたぁ！　防戦一方じゃねえかよぉぉっ！」

俺は内心ため息を禁じえなかった。

超一流の騎士は、そもそも相手に剣すら抜かせない。

一流の騎士なら、立ち合った瞬間に相手の力量を見抜く。

並の騎士でも、刃を交えれば彼我の実力差は把握できる。

そして並以下の騎士は、自分の力量さえ理解できない。

いうまでもなくジャークは並以下。

俺の基準では下の下の騎士だった。

「こちとら伊達に一年も剣術を磨いてきてねえんだ！　普通科のカスに負けるかよぉぉっ！」

俺は逆に驚かされた。

一年も学んでおいてこのありさまとは、救いようがない。

足の運びから体捌き、腕の振り方から剣の握り方に至るまで、なにもかもが出鱈目だ。

恵まれた体格にかまけて力まかせに剣を振っているだけ。

こんなものは断じて剣術ではなかった。

「そろそろ終わりにしてやんよっ！　俺様の全力の一撃を喰らいやがれやァァあああッ！」

ジャークが袈裟懸けに斬りつける。

「――やれやれ」

剣を動かすのも面倒になった俺は、左手の人差し指を振り上げた。

ピタッ……！　ジャークの全力の一撃を、俺は指一本で受け止めた。

「ンなッ……！　ゆ、ゆびイイッ……!?」

「剣術もなっていないが、なにより嘆かわしいのはマナの制御だ」

あまりの酷さに黙っていられず、俺は説教を始めた。

「貴様は全身から無駄に垂れ流しているだけ。マナを一点に集中する技術さえない」

「嘘だ、嘘だっ、嘘だァッ！」

がむしゃらに剣を振りまわすが、すべてを俺は指一本で捌いた。

「全力の一撃が単なる力任せの大振りとは、恥を知れ。貴様のごとき愚物が騎士を騙るな」

「くそ、くそっ、くそがァッ！　死ねよっ、なんで死なねえんだよクソったれがぁぁぁッ！」

「千年振りつづけたとて俺の首には届かんぞ」

「俺は貴族なんだ！　代々騎士の家系で由緒ある血統を受け継いでるはずなんだぁっ！」

「それも欺瞞だ。愚鈍な頭で考えてみろ。聖杯大戦で活躍した高名な騎士が、ボーンヘッドなどという二重に間抜けな家名を残すと思うか？」

それにしても間抜けとは、皮肉が利きすぎていて憐れだが。

十中八九ジャークの先祖が金で買った、偽りの家名と爵位だろう。

「貴様は貴族でもなんでもない。上っ面を飾り立てただけの偽者だ」

「ちくしょう、ちくしょうっ、ちっくしょうがぁぁあぁッ！」

絶叫して斬撃を繰り出すジャーク。

俺は模擬剣を横に薙いだ。

ジャークには目視すらできない一閃。

バギッ……！　ジャークの模擬剣を中腹から叩き折った。

「はえっ……？」

次の瞬間、ジャークの頭髪が一挙に刈り取られた。

「あっ……あぅ……！」

つるりとした丸坊主になったジャーク。

人工の金髪よりよほど似合っていた。

「喜べ。これで貴様は三重の意味で『骨みたいな頭』だ」

「あがッ……!?」

ぐりんと白目を剥き、ジャークは膝を折った。

下半身から地面へと、黄色い液体がひろがっていく。

鼻をつくすえた臭いに、俺は顔をしかめた。

失禁までするとは、つくづく無様なやつだった。

「今朝は不愉快なものばかり目にする」

ジャークへの制裁は完了したが、まったく気は晴れなかった。

俺は一つ学習した。

不快なやつは、なにをどうしても不快なのだ。

「うわぁ……男の人のお漏らし、初めて見ちゃいました」

ぽかんとしていた少女がつぶやいた。

いまだに半信半疑の顔つきで、

「ええっと……わたしは危ないところを助けられたんでしょうか？」

「気にするな。俺はやつの所業が我慢ならなかっただけだ」

模擬剣を鞘に納め、俺はその場から立ち去ろうとする。

「いやいや待ってくださいよ！　いくらなんでも格好良すぎますから！　格好良すぎて逆に不気味なくらいですからっ！」

なぜか怒られてしまった。

「せめてお礼くらい言わせてくださいよ！　あと自己紹介もしたいんですけどっ！」

「構わんが、場所を変えるぞ」

ジャークを示して言った。

「ここは臭う」

「あははっ、全面的に同意です。っと、少々お待ちをっ」

少女は制服から板状の魔道具を取り出し、ジャークに近づいた。

パシャパシャと写真を撮って戻ってくる。

「よしっ。ボーンヘッド先輩の悪事もこれまでですね」

勝ち誇って言う。

見かけによらずしたたかな少女だった。

◇◇◇

「それではあらためて。ジン・アルトリウスくん、本当にありがとうございました」

　深々と頭を下げて言った。

「わたしはフランソワーズ・J・モンマスです。どうぞ気安くフランと呼んでください。マンモスではなくモンマスですので、お間違えなきように」

　それから割と長い自己紹介をした。

「そうか。ではな、フラン」

　用はすんだと見て、俺は背を向けた。

「ちょっ！　だから待ってくださいってば！」

　腕を掴まれた。

「女の子助けておいて放置プレイはあんまりでしょ！　わたしじゃなかったら余裕で恋に落ちてるところですよっ！」

　なぜか自慢げに言うフラン。

「お前はなにが言いたい？」

「惚れはしないけどジンくんと友達になりたいってことです。というわけでお話ししましよう！　ねっ、ねっ？」

「まるで別人の強引さだな」

「攻めに強くて守りに弱いタイプなんです」

「まあ、話くらいはいいが」

「やった！　それにしてもジンくんは強いですね。ボーンヘッド先輩って素行は悪いけど、剣の実力は二年生でも中の上だったはずですよ」

「馬鹿な、あの程度でか」

俺は驚きを隠せない。

ジャークの実力は四〇〇年前なら、見習い騎士にも落第するレベルだ。

「でも騎士の力を持っているのに、どうしてジンくんは普通科なんですか？」

「なりゆきだ」

進路を決めたのは元のジンであって俺ではない。

「フランこそ、固有魔術を持っているのに術師科ではないな。透視系の能力はいつの時代も希少なはずだぞ」

「特別な眼があるだけで、それ以外の魔術がからきしなので。それにわたしは夢を叶えるために普通科に入ったんです。どんな夢か知りたいですか？　知りたいですよねっ？」

「いや聞けよ！　社交辞令でもいいから聞いてあげましょうよ！」

「わかったから腕を引っ張るな。どんな夢だ」

　完全にフランのペースに呑まれている。

　俺にしては珍しいことだった。

「わたしの夢はですね、ずばり作家になることです！」

　フランは胸を張った。

「ジャンルは聖杯大戦時代の歴史小説、これ一本で勝負するつもりです！」

「史実を題材にした物語となると、誰が書いても内容は大差ないのではないか？」

「そんなことはありませんっ！」

　力強く言って続ける。

「想像の余地はいくらでもありますよ。なにしろわたし、現代に伝わっている正史はちょっと違和感があるなー、と思っているくらいですので」

「ほう」

　興味深い発言だった。

「違和感とは具体的にどんなものだ？」

「特に興味はない」

「よくぞ聞いてくれました！」

　フランは熱弁を始めた。

「真っ先に挙げたいのが神聖円卓騎士団の意思決定プロセスですね。正史では七剣聖を中心とした合議で決めていたという話ですけど、だとすると決断までの過程が異常に早すぎるんです。星暦一三八九年のコーンウォール会戦なんかは特に顕著ですね。あの絶望的な状況で撤退じゃなくて先制攻撃を即決即断するなんて合議制じゃ絶対に無理なはずなんです。だからもしかしたら、七剣聖の上に絶対的な統率力と圧倒的なカリスマ性を備えた人物が――」

　はっとして口に手を当てた。

「っと、危ない危ない。その先の『仮説』は近い将来、わたしの作品を読んで確かめてもらうということで」

「実に興味深い話だな」

　俺は感心していた。

「ときにフラン。アーサーという名に心当たりはあるか？」

「はい？　有名な方なんでしょうか」

「キャメロット王国と王都ペンドラゴンは？」

「寡聞にして存じませんけど」

「魔族の首領『魔法使い』マーリンはどうだ？」

「ええと……」

フランは抹消された真実の歴史を知っているわけではない。

自力で偽りの正史に疑念を抱いたのだ。

「あぁっ、もしかしてそういうことですか！」

フランは急に我が意を得た顔になって、

「物語の設定ですね！　ジンくんも作家志望だったとは驚きました！」

「違う。盛大な勘違いをするな」

「恥ずかしがらなくてもいいじゃないですか。わたしたち作家の心はいつまでも一四歳であるべきなんですから！」

「だから違うと言っている」

俺はため息をついた。

モルガンとはまた別の意味で厄介な女だ。

ふと俺は空を仰ぎ見る。

今朝は空気が澄んでおり、うっすらと月が見えていた。

「フラン、月はいつからあの形をしている？」

質量の三分の一を失った月。

俺はそれをいびつな形だと認識するが、

「いつからって、最初からに決まってるじゃないですか。変な形だなーとは思いますけど」

フランはごく自然に答えた。

それがこの世界の常識なのだ。

# 第五話　歴史と記憶

学院に登校し、普通科一組の教室に入る。

フランは道中ずっとしゃべり続け、最終的には俺の隣の席に収まった。

「席まで隣なんて運命的なものを感じちゃいますねっ」

ちなみに席順は入学試験の成績順だ。

クラスの首席はジンで、次席はフランということだ。

教師が現れ一限目の授業が始まる。

内容は魔族に関する基礎教養だった。

「魔族とはなにか？　現在最も有力なのは、今から八〇〇年前の星歴一〇〇〇年、第一回の聖杯出現によって誕生した新種の生命体という説です」

二〇代後半の女教師が教科書を朗読していく。

話を聞く限り、聖杯大戦以前の歴史は俺の知るものと一致していた。

「魔族の肉体は老化せず、頭部を破壊されない限り死ぬこともない。さらに魔術を自在に操る能力を有しており、かつての人類にとって恐るべき天敵でした。星暦一〇〇〇年から四〇〇年もの長きにわたり、魔族は我が物顔で星の支配者を気取っていました。その暗黒時代、人類は耐え難きを耐え忍び難きを忍び、反転攻勢の機会をうかがっていたのです」

魔族による支配と圧政の時代。

通称、暗黒時代。

人類は表面上、魔族に従属し忠誠を誓っていたが、ひそかに反撃の刃を研ぎつづけていた。

「星暦一三〇〇年代初頭に『発見』された竜剣技と疑似魔術。この二大武器の研究と発展が人類の反撃の切り札となりました」

一般的には「魔術」でひとくくりにされるが、人類が使うのは正式には「疑似魔術」だ。

魔族固有の能力たる魔術を、人間が再現したものが疑似魔術である。

大きな違いはエネルギー源だ。

魔術は魔力を源とするが、疑似魔術はマナを源とする。

魔族が自身の内部で生成した霊的エネルギーが魔力。

人間が世界にあまねく霊素を取りこんで活性化させた霊的エネルギーがマナだ。

それ以外の違いはほとんどない。

黎明期(れいめいき)はまだしも、聖杯大戦の時点で魔術と疑似魔術の差はなくなっていた。

「一三〇〇年代の中盤(ちゅうばん)には騎士と術師が誕生し、世界各地で魔族との本格的な戦いが始まりました。そして、きたる星暦一四〇〇年、ついに人類と魔族の雌雄(しゆう)を決する一大戦争が勃発(ぼっぱつ)したのです。そう、みなさんも良く知る聖杯大戦です」

この時代の歴史書には記されていないが、その二〇余年前にも極(きわ)めて重要な出来事があった。

まず人類側では、俺ことアーサー・アンブロジウスとモルガン・ル・フェが誕生した。

俺たち姉弟(してい)によって、竜剣技と疑似魔術は飛躍的(ひやくてき)な進化を遂(と)げた。

単純な性能の向上にとどまらず、多くの人間が使えるよう体系化が成された。

その結果、史上初めて騎士と術師の軍団が結成されるに至ったのだ。

それこそが我が神聖円卓(ディバイン・ラウンズ)騎士団である。

いっぽう魔族側でも、同時期にマーリンが出現し革命を起こした。

マーリンは圧倒的な実力とカリスマ性で、群雄割拠(ぐんゆうかっきょ)していた魔族をまたたく間に統一。

すべての魔族を統(す)べる首領となり、世界規模の大軍団を率いるに至った。

かくして両陣営(じんえい)は総力戦の構えを見せ、一大戦争へと突入(とつにゅう)した。

「その結末は知ってのとおりです。聖杯大戦において最大戦力たる特級個体をことごとく討伐され、魔族たちは大敗を喫しました。偉大なる戦いは私たち人類の勝利で幕を閉じたのです」

マーリン麾下の特級魔族は総勢七二体。

その半数を滅ぼしたのが、ほかならぬこの俺、アーサーだ。

この時代の「正史」では、ことごとく他の騎士の戦果にすり替えられているようだが。

「その後の魔族の歴史は悲惨です。もちろん人類にとっては喜ばしいことですが」

ようやく話が聖杯大戦以後に入った。

俺が聞きたいのはここからだった。

「大戦以後、魔族はその個体数を激減させ、種として大いに衰退しました。こんにちではその姿を目にすることも多くありません。しかし、魔族を完全に滅ぼすことは極めて困難です。さて、それはどうしてでしょうか？」

女教師はフランを指名した。

「魔族は人間に擬態して社会に紛れ、容易に尻尾をつかませないからです」

「正解です。最下級の魔族であるゴブリン、コボルト、オークの擬態でさえ簡単には見分けがつきません。ですからみなさんも、街で知らない人や不審な人に声をかけられても、決して付いていかないようにしてくださいね」

女教師が冗談めかして言い、教室の学生たちもどっと笑い出す。

これが笑い話になるくらい、魔族との遭遇は稀なのだろう。危機感の欠如。俺にとってはあまり心地好いものではなかった。

「万が一、魔族と遭遇したらどうするべきなのか。それじゃアルトリウス君、答えてみて」

今度は俺を指名してきた。

漠然とした質問だなと思いつつ答える。

「対処法は魔族のランクによって異なるはずだ。特級や上級が相手ならば――」

「ちょっと待って。あのねぇジン・アルトリウス君、特級や上級なんて、遭遇したくても遭遇できるものじゃありません。それとも君の地元じゃ違ったのかな？」

「特級はさておき、上級魔族がそれほど珍しい存在なのか？」

四〇〇年前ではありふれた存在だったが、

「一般人はもちろん、騎士や術師だって一生に一度出会うかどうかよ」

なるほど、それでは人間側のレベルが下がるのも無理はない。

「それよりも質問に答えてくれるかな。万が一、魔族と遭遇した際の対処法は？」

「中級ならば能力を見極めた上で戦闘か撤退かを選択する。下級以下ならば即刻、首を斬るなり頭を潰すなりすればよかろう」

　ぽかんとして口を半開きにする女教師。

　彼女のみならず、教室にいる全員が同じく呆気にとられていた。

「……いやいや。だからねぇ、ジン・アルトリウス君」

「なんだ」

「私の質問は、一般人が魔族に遭遇した際の対処法についてよ。普通科の君がいつから騎士になったのかな？」

　あちこちで忍び笑いが上がった。

「あの体で騎士気取りかよ」

「剣とか一回も振れなさそう」

「あいつたしか貧民街の出身よね」

　ジンはまったく騎士に見えないらしい。

　そこには同意するが、誤った認識は正しておく。

「騎士とは肩書きでなるものではないし、見た目で判断するのも間違いだ。現に俺は昨夜オークを一匹始末している」

「なっ……！」

女教師が言葉を失う。

他の学生たちも、もう笑っていなかった。

「一般人が魔族に遭遇した際の対処法だったか？　そんなものは皆目知らん。俺以外のやつに訊け」

俺は椅子にふんぞり返った。

しばし固まっていた女教師だったが、

「そ、それじゃ、教科書の次のページを開いてっ」

わざとらしい大声を張って授業を再開した。

「ジンくん、騎士なのはともかくオークを倒したっていうのは話盛りすぎじゃないですか？」

隣のフランがひそひそと話しかけてくる。

「事実を言ったまでだ」

「またまた。ジンくんって主人公になりきるタイプの作家なんですね」

ほかの連中はともかく、フランの態度は心外だった。

二限目の文学の授業だった。

文学となれば当然ながら文字を扱う。

ところが学院側が用意した教科書は、俺にとってひどく読みづらいものだった。

「フランよ、この教科書は幼児向けなのか？」

「どうしたんですか藪から棒に。もちろん違いますよ」

「ならばなぜ標準文字だけでルーン文字が使われていない？」

「みんな読めないからですよ。わたしみたいな作家志望は例外ですけどね」

思い返してみれば、街の看板や自室にあった案内書もすべて同じ書式だった。

四〇〇年前は、標準文字とルーン文字を併記する方式が人口に膾炙していた。

ルーン文字とはもともと魔術を規定・詠唱するために生み出された言語体系だ。

これを標準文字に併記すると、言葉の意味を強めたり別の意味を付加させたりすることができる。

試しに「放火球」という魔術を例にとってみよう。

「放火球」が標準文字による表記で「スピットファイア」がルーン文字による表記だ。

発声する際の読み方はルーン文字で統一される。

ルーン文字の併記に慣れ親しんだ身には、標準文字のみの文章はひどく読みづらい。

感覚的なものだから難しいが、誤解を恐れず説明するならこんな感じだろう。

『かんかくてきなものだからむずかしいが、ごかいをおそれずせつめいするならこんなかんじだろう』

俺にはこの時代で目にするほぼすべての表記や文章が、前記のごとく見えている。

これでも意味は通じるし、ルーン文字の併記は別に必須(ひっす)ではない。

しかし単に読みにくいだけでなく、ひどく幼稚(ようち)で味気なく感じられた。

ルーン文字を駆使(くし)した文字や文章は、表現が豊かで深みがある。

「なんとも嘆(なげ)かわしい。この文章では内容以前の問題だ」

「さ、さすがはわたしの同志にしてライバル。作家志望として意識高すぎですよ……」

「だから違うと言っている」

教科書に視線を戻(もど)したが、やはり辟易(へきえき)としてしまった。

三限目の算術の授業は、なにごともなく通過した。

そして待ちかねた、というべきだろう。

四限目は歴史の授業だった。

授業の開始前、教室には不穏な空気が漂っていた。

「マジで最悪らしいぜ、歴史教師のエルディドって」

「私も先輩から聞いたよ。威張り散らして学生のこと見下してるって」

「授業じゃなくて知識自慢してるだけって話だよな」

「そのくせ自分より家柄が上の学生は贔屓するって……」

後ろの席から会話が聞こえてくる。

俺は他人の噂話などに流されない。

人物の評価は自分の目で判断すると決めていた。

しかし、教室に入ってきた歴史教師の第一印象は芳しくなかった。

「僕は歴史教師のエルディド・ダゴネット。神聖円卓騎士団にも名を連ねた英雄ダゴネットの末裔だよ」

三〇代の気障っぽい男で、さっそく家柄を笠に着ていた。

はて、と俺は思う。

ダゴネットなる騎士が、我が神聖円卓騎士団に籍を置いていただろうか？

「今日は初回の授業だし、君たちの知識に合わせるとしようかな」

エルディドが俺に視線を向ける。

あからさまに見下した目つきだった。

「ジン・アルトリウス君。貧民街出身の君でも、さすがに七剣聖の名前くらいは言えるだろう。聖杯大戦の勝利の立役者にして、人類史上最大の英雄なんだからね」

俺はかつての臣下にして仲間たちの名を列挙した。

合わせてエルディドが板書していく。

紅蓮の剣聖ガラハッド。

氷華の剣聖ニミュエ。

破嵐の剣聖トリスタン。

震撃の剣聖パーシヴァル。

紫電の剣聖ラモラック。

輝光の剣聖ランスロット。

黒曜の剣聖ガウェイン。

以上、全員が俺の記憶と合致していた。

本来はその上に始原の剣聖王アーサーが君臨しているのだが。

「ところで君は、剣聖の中でどの方を一番に尊敬しているんだい？」

「実力ならばランスロットかガウェインだが──」

その両者は性格や人間性に問題がありすぎた。

「敬意という点ではトリスタンだな」

「実に学生らしい答えだね。七剣聖の中でもランスロット卿と人気を二分するトリスタン卿。でもねえ、騎士としての力量や功績はともかく、果たして彼は人格的に尊敬できる人物だったのかな？　彼の秘密を知っている僕は素直に肯定できないなぁ」

持ってまわった嫌味な口調。

このエルディドなる教師が嫌われている理由が理解できた。

「秘密とはなんだ？」

「残念だけど教えられないよ。神聖円卓騎士団の直系血族のみが閲覧を許される一級秘匿情報だからね。ま、貧民街出身の君は一生知ることはないから、ある意味で幸せだと言えるかな」

偉そうに鼻を鳴らすエルディドに、

「くだらんな」

俺は言下に吐き捨てた。

「くだらんと言ったのだ。授業の内容と、なによりも貴様の人格がだ」

「な、なんだとぉっ……!?」

顔を真っ赤にしてわなわなと震え出す。

怒りのあまり言葉が出てこないようだ。

「トリスタンにまつわる醜聞といえば、二人の妻を娶ったことしかあるまい」

「なっ――!」

図星の反応だった。

「トリスタンの振る舞いは不義を疑われても仕方がない。が、あの男が二人のイゾルデを妻としたのは好色からでは決してなかった。二人を真に愛していたからこそ、トリスタンは道義にもとる行為に走ってしまったのだ」

「ひ、貧民ふぜいがなぜ一級秘匿情報をっ……!?」

こんなもの、聖杯大戦の当時は秘密でもなんでもなかった。

「自身の行いに苦悩しながらも、正しくあろうとあがきつづけた。それがトリスタンという男の本質だ。その生き様に俺はひそかに敬意を払っていたものだ」

そんなトリスタンも、この世界にはもういない。

時は流れ、文字通り歴史上の人物になってしまった。

そのことを思うと、俺は少しだけ寂しくなった。

「それと、思い出したぞ。元・宮廷道化師のダゴネット。貴様の祖先はことあるごとにトリスタンを敵視していたな」

「なっ、なな――!?」

エルディドはあんぐりと口を開けた。

「言葉で批判するだけでは飽き足らず、無謀にも決闘を挑んだこともあった。もちろん勝負になるはずもなく、逃げ回って池に落ちたあげく、土下座してトリスタンに命乞いをする羽目になった。ふっ、あれにはずいぶんと笑わせてもらった」

「そ、それはダゴネット家門外不出の特級秘匿情報のはずぅ……!?」

ぶるぶると体を震わせてつぶやく。

図らずも先祖の恥を追認していた。

「調子に乗って醜態をさらすのは先祖譲りか。貴様こそ教師より道化師にふさわしい」

直後、教室のあちこちで笑い声が噴き出した。

「うわぁ、ダゴネット卿ってそんな人だったんだー」

「ウケるー！　でもまさに先生のご先祖って感じじゃん」

「トリスタン卿が嫌いなのも家風かよ。ダッサ！」

擁護の声は一つもなかった。

「ぐっ……うぐっ……あがぐっ……！」

エルディドは顔を赤くしたり青くしたりして、

「あ、あとは自習だ！　自習ゥッ！」

脱兎のごとく教室から退散した。

「あんな愚物が教師とは嘆かわしい」

「――ジン・アルトリウスくん」

隣のフランがすっと席を立った。

「お話があります。一緒に廊下に来てくれますか？」

フランは真顔になっていた。

「それで、話とはなんだ？」
廊下の壁に背を預けて尋ねる。

――ドンッ！　フランはつま先立ちになって、俺の顔の左右に手を伸ばした。

「……どういうことなんですか、ジンくん」

「フランよ、もしや怒っているのか？」

フランはうつむき、肩をわなわなと震わせていた。

「違います！　わたしは嫉妬してるんです！」

顔を振り上げて言った。

「どうして一級秘匿情報を知ってるんですか！　ずるいです！　卑怯です！　依怙贔屓です！」

「落ち着け。知りたいことがあれば教えてやる」

「なら秘匿情報をぜんぶ話してください！」

「そう言われてもな……」

俺には秘匿情報の範囲が皆目見当もつかない。

「せめて秘匿情報に触れられた手段だけでも教えてくださいよ！」

フランは涙目になっているが、俺には答えようがない質問だ。

真実を話すしかないと判断する。

俺はフランの両肩に手を置いて言った。

「秘匿情報とやらを目にしたことはない。だが俺は、聖杯（せいはい）大戦にまつわる出来事をほぼすべて知っている。なぜなら自分自身の目で見て、身をもって体験してきたからだ」

「はい……？　それってどういう——」

「フランよ。俺が聖杯大戦の時代から時を越（こ）えて来たと言ったら——信じるか？」

「ど、どうしちゃったんですか急に。そんな話、信じられるわけないじゃないですか」

「だろうな。今の話は忘れてくれ」

俺はフランの体をそっと押（お）しのけた。

話はこれで終わりだと思ったが、

「待ってください！」

フランが食い下がった。

「ジンくんはいい人です。過去から来ただなんて、そんな嘘（うそ）をつくとは思えません。でも……」

「言葉だけでは信じられないか。——ふむ、考えてみればその手があったな」

妙案（みょうあん）を思いついて俺は言った。

フランのエメラルド色の瞳（ひとみ）を指差す。

「その特別な眼、透視眼（とうしがん）で記憶を読み取ることはできるのか？」

「え？　できます、けど……」

透視眼は複数の能力を兼ね備えるのが常だ。

思考を読める者はたいてい記憶も読める。

「そして個人の記憶とは、決して偽装できない真実の記録だな？」

「はい。って、ええっ？　ジンくんまさかっ⁉」

驚愕に目を見開いて言った。

「わたしに記憶を読み取らせてさっきの話の真偽を確かめろとッ⁉」

「そうだ。特別な眼を持つフランが俺と出会ったのもなにかの巡り合わせだろう」

「で、でも、本当にいいんですか？　普通の人なら絶対に嫌がることなのに……」

「案ずるな、俺には知られて困ることなど一つもない」

「わ、わかりましたっ！」

決心してフランは言った。

「――白明心眼、レンズ『追憶』」

固有魔術を発動。

フランの両の瞳の虹彩が色を失い、瞳孔が極限まで収縮した。

限りなく透明に近い、どこまでも透き通った眼。

俺は身も心も丸裸にされたような感覚だった。

「これ、は――！」

フランの脳内に未知の情報が流れこむ。

「キャメロット王アーサーと魔法使いマーリンの月での最終決戦――こんな歴史知らない、けどっ――！」

頭を抱えてよろめき出す。

「聖杯の出現……宇宙の虹……呑みこまれて……時間の海を越えて……そんなっ、まさか、そういうことなのっ……⁉」

指の隙間から俺を見上げて言った。

「ジンくんの体にアーサー王の魂が――ッァ⁉」

フランは失神してしまった。

すかさず腕を伸ばして抱き留める。

「脳が負荷に耐えきれなくなったようだな」

一時的なもので、しばらくすれば目覚めるはずだ。

俺はフランを抱きかかえると、医務室へ運んでやることにした。

「さて、俺の正体を知ってどう対応する？」

いずれにせよ、隠し事を抱えたままよりは良いだろう。
本物の友人になりたいのなら、なおさらだ。

第六話

# 神秘の湖

医務室から教室へ戻ると、ちょうど四限目の授業が終わる時刻だった。

この後は小一時間ほどの昼休憩を挟むらしい。

ひとまず俺は自分の席に腰を下ろした。

「おいこら、調子に乗ってんじゃねえぞ、貧民の分際でよ」

狙いすましたように因縁をつけられた。

三人組の男子が机を取り囲み、剣呑な視線をぶつけてくる。

顔も名前も知らないが、既視感のある連中だ。

今朝叩きのめしてやったボーンヘッドと同じにおいがした。

「調子ならむしろ悪いが」

ジンの体になってからこのかた、常時絶不調といえなくもない。

「ふざけんな！　ここはお前が来ていい場所じゃないんだよ！」

「次に授業を妨害したら、二度と教室に来れないようにしてやるからな！」

「入学試験も不正したんだろっ？　お前がクラスの首席なんてありえねぇ！」

俺は察して言った。

「なるほど、貧民に成績で負けて悔しいのか」

「「「ンなッ……!?」」」

三人は茹で上がったように真っ赤になった。

「くだらん因縁をつける前に勉学に勤しめ、愚か者どもが」

「こ、この野郎っ！　今の発言は俺たちを侮辱しているぞッ！」

「ならばどうする、決闘でもするのか」

「なっ……！」

にわかに慌てふためく。

そこまでの覚悟はないようだが、引き下がろうとはしなかった。

「お、俺は騎士科の二年に知り合いがいるんだからな！　泣く子も黙るボーンヘッド先輩に目ェつけられたいのかよ、ああっ!?」

「ボーンヘッドだと？」

ここでその名を耳にするとは。

俺は苦笑するしかない。

類は友を呼ぶとはまさにこのことだ。

「なにがおかしいっ！」

「面白(おもしろ)い巡り合わせだと思ってな。貴様が頼(たよ)りにしている間抜け(ボーンヘッド)なら、今朝叩きのめしてやったばかりだ。あの様子ではしばらく立ち直れんと思うがな」

「う、嘘ついてんじゃ――」

「目撃者(もくげきしゃ)は大勢いた。探せば一人や二人すぐ見つかるだろう」

「なんなんだよお前っ⁉　ただの貧民じゃなかったのかよ！」

そのときだった。

「だーれだっ？」

軽妙(けいみょう)な声が響(ひび)き、俺の視界が閉ざされる。

やわらかい重量物が、頭の上にぽいんと載(の)せられた。

「だーれだっ？」

同じ言葉が繰(く)り返される。

誰(だれ)だもなにもない。

彼女の接近は事前に把握(はあく)ずみだった。

「悪ふざけはやめろと言ったはずだぞ――サヤ」

俺が新しい名で呼ぶと、

「正解っ！　えらいわジンくん！」

モルガンはうれしそうに俺の目隠しを解いた。

両肩に手をついて身を乗り出し、逆さ顔で俺を覗きこむ。

長く美しい黒髪が視界に垂れ落ち、頭全体を重たい乳房が圧迫する。

「重いし鬱陶しいから離れろ、この――」

ここで馬鹿姉と呼ぶわけにはいかない。

俺は少し思案して、

「この馬鹿者が」

「むーっ！　その言いかた、なんだか愛情を感じないんですけどぉ？」

逆さ顔のまま可憐な唇を尖らせた。

「なっ、なな、ななな……!?」

俺に因縁を吹っかけていた男子たちは、モルガンの登場に泡を食っていた。

「あら、この人たちは？」

モルガンが顔を上げて正面を見る。

相変わらず黒髪が邪魔くさい。

「お、俺らは別にっ――」

たぐいまれな美貌に見つめられ、しどろもどろになる。

「ただのクラスメイトだ」

「あら。これからもわたしのジンくんと仲良くしてね」

俺からは見えないが、とろけるような笑みでも向けたのだろう。

「こ、ここっ、こちらこそッ！　光栄の至りでありますですはいッ……！」

完全に魅了され、直立不動で返事をした。

「それじゃ、ジンくんと二人でお話ししたいから」

「はッ！　失礼つかまつりましたァッ！」

三人組はカチコチに固まったまま退散した。

「サヤ、初心な少年をたぶらかすのはよせ」

「ひどいわジンくん、たぶらかしてなんかいないわよ？」

「これだけで充分すぎるほど刺激的だろうが」

俺は頭に載せられた豊満な胸を指さした。

モルガンが動くたびに制服ごしの乳房がぐにゅぐにゅと形を変える。

それはそれは扇情的な光景だったに違いない。

「いいかげん離れろ。俺の頭は乳置き場では断じてない」

「嫌ですー。約束を守れない悪い子はお仕置きですー」

腕まで使って俺の頭の拘束を強める。

「待ち合わせしようって言ったのに、一人で勝手に行っちゃうんだから！」

「案内なら不要だったぞ」

「わたしはジンくんと一緒に登校したかったんですー！」

どうせ教室は別々なのに、モルガンが不機嫌になる理由がわからなかった。

「ええい、鬱陶しい！」

俺は強引にモルガンを振りほどいた。

「いちいち駄々をこねるな。明日は一緒に登校してやる」

「やったぁ！　ジンくん好き好き大好きぃ～！」

今度は背後から抱きついてくる。

「だから鬱陶しいと言っている！」

むろん俺たちは、教室中の耳目を一手に集めていた。

絶世の美少女であるモルガンが奇行に走っているのだから、当然の結果だ。

「あの娘って、噂の術師科の新入生だよね……？」

「すっごい美人……あんな人が本当にいるんだ……！」

「入学式当日に一〇〇人に告白されて、一〇〇人全員を振ったとか……」

「心に決めた運命の人がいるから、ってのが断り文句だったらしいけど……」

「じゃあ、アルトリウス君がその相手ってこと……？」

「うっそぉ……!?　でもでも、あの親密さは普通じゃないし……！」

女子たちは興味津々で言葉を交わす。

「嘘だ、嘘だと言ってくれぇッ……！」

「な、なんであんなやつがッ……!?」

「うらやましすぎて死ねるゥッ……！」

いっぽう男子の反応はこうだった。

「可愛い……！」

「可愛すぎだろ……！」

「ていうかおっぱいでけえ……！」

心の声がだだ漏れになっている連中もいた。

当のモルガンは周囲の反応を微塵も気にかけていない。

無視しているのではなく、耳に入っていない様子だ。

俺は再度モルガンを引き剥がして、

「それで、本題はなんだ？」

「お昼ごはんの誘いよ。一緒に食べに行きましょう」

「食事か――」

その単語を意識したとたん、猛烈な空腹感を自覚した。

「そういえばこの体は、昨夜からいっさい食物を摂取していないな」

「ジンくん、それ『お腹が減った』っていうのよ」

モルガンが呆れた顔で言った。

「マナの脆弱な肉体は不便極まりない。これでは日に二度三度、食物を摂取しなければ基礎体力を維持できんぞ」

アーサーの肉体ならば、一個のパンと一杯の水で軽く一ヶ月は全力で戦えたのだが。

「どこまでも嘆かわしい。食事など時間の浪費だ」

「それはどうかしら。この時代の食の豊かさは驚嘆すべきものなんだから」

「馬鹿なことを。食物の種類などしょせんは五十歩百歩だろう」

「それが大違いなのよねえ。百聞は一見にしかず、ならぬ、一食にしかずよっ！」

モルガンは俺の腕を取って椅子から立たせた。

「ジンくん、この時代はろくでもないって思ってるでしょ？」

「そうだが」

「ここで予言しちゃいますっ」

身をひるがえらせ、黒髪とスカートをはためかせながら言った。

「このあとジンくんは、この時代もなかなか悪くないと思うようになります」

「ふん、そんなことがあるものか」

俺とモルガンは学生食堂に移動した。

待つこと一〇分少々、出てきた料理は予想を裏切る代物だった。

「なんだこのにょろにょろとした物体は？　しかも食い物が赤いだと……？」

こんな形と色の料理は見たことがなかった。

皿からは湯気が立っており、香味豊かな匂いを漂わせている。

が、得体が知れず積極的に食す気にはなれなかった。

「パスタもしくはスパゲッティっていう小麦粉製の麺。ソースが赤いのはトマトを使っているからよ」

　対面の席でモルガンが言った。

「どうやって食すのだ？　刺すことも掬うこともできんぞ」

「それはねぇ、こうやって――」

　モルガンはフォークを皿に立て、細長い麺をくるくると巻きつけていく。

　彼女も同じパスタ料理だが、ソースは黄色っぽい色だ。

　こちらは濃厚な生乳の匂いがした。

「いただきますっ。んんーーっ！」

　モルガンは躊躇なく、フォークごと麺をほおばった。

　頬を押さえて幸せな笑みを見せる。

　その顔を見ても俺は半信半疑だった。

「う、美味いのか？」

「食べてみればわかるわよ。騙されたと思って、ほら、ひと思いにやっちゃって！」

「むぅ。では、いただこう」

　見様見真似でフォークに巻きつけ、恐る恐る口へと運ぶ。

　赤いソースが舌先に触れた瞬間――味覚が弾けた。

「ッッ⁉」

俺はカッと目を見開き、猛然と口を動かした。

爽やかなのにコクがあってぴりりとしてパンチが効いた奥行きのある味わい。

つまりはとんでもなく――

「う、美味いっ……！」

白状しよう。

料理に感動したのは生まれて初めてだった。

「なんだこれはっ⁉　いくらなんでも美味すぎるッ……！」

やめられない、とまらない。

俺は夢中になって口へと運びつづけた。

「ほらね、この時代の料理はすごいんだから」

モルガンもパスタをフォークに巻きつける。

それを自分の口ではなく、俺へと差し出した。

「よかったらわたしのもひと口どうぞ」

「なんだとっ？」

「こっちのはカルボナーラ。羊乳から作ったチーズと卵黄が入っているの。トマトソースのパスタとはぜんぜん違った味わいよ」

「やめろサヤっ！　王たる者が他者からほどこしを受けるなど……」

「ほらほらジンくん、あーんっ！」

「む、むぅ……」

背に腹は替えられない。

俺は差し出されたパスタを頬張った。

「ッハ⁉」

味蕾に未知なる衝撃が走った。

ひたすら濃厚でまろやかな味わい。

そして黒胡椒の風味が絶妙だ。

羊の乳の臭みを消し、旨味とコクを十全に引き出していた。

「素晴らしく美味いっ！　四〇〇年で料理がこれほど進化するとはっ……！」

なにやら周囲が騒がしい。

「あーんって⁉　嘘だろマジかよ冗談だろっ……⁉」

「なにもこんなところで見せつけなくたってよぉ……！」

「間接キスなんて気にもしない関係なのっ……⁉」

男女の境なく騒ぎ立てているが、もちろん俺は気にかけない。

ひたすら目の前の食事に集中する。

「うむ！　やはりこの赤いソースも絶品だっ！」

この美味を大事に味わいたいと思うが、食べる手が止まらない。

あっという間に一皿を平らげてしまった。

「――サヤ」

満ち足りた吐息(といき)をこぼして言う。

「なにかしら、ジンくん？」

「この時代もなかなか悪くないようだな。……はっ⁉」

口にしてから気づいたが、もう遅(おそ)い。

「うふふ。わたしの言ったとおりでしょ？」

モルガンはしてやったりという顔で笑った。

「と、とにかくだ。食い終わったらすぐに行くぞ。お前もついて来い」

「行くって、どこへなにをしに？」

「むろん労(ねぎら)いにだ」

数分後、俺は宣言どおりの行動に出た。

調理場の中を覗き見ると、一〇人ほどがきびきびと働いている。

それぞれが役割をまっとうし、全体が効率よく稼働していた。

規律の取れた部隊を思わせる好ましさだ。

「料理人たちに訊く！　この料理を手掛けたのはどの者だっ？」

声を張って呼びかける。

全員が手をとめていっせいに俺を見た。

目配せを交わし、やがて小柄な女性がやって来た。

「あの、ソースを担当したのは私ですけど……」

そばかす顔で二〇歳そこそこの若い料理人。

身を硬くし、叱られるのを待つような目つきでいる。

理解しかねる態度だった。

「申し訳ありません！　貴族様のお口には合わなかったでしょうかっ⁉」

彼女は白い帽子を取って頭を下げた。

予期せぬ行動に俺は面食らった。

「ジンくんは貴族でもないし、料理に文句をつけに来たわけでもないのにねぇ」

背後からモルガンが耳打ちする。

「面を上げろ。俺は叱責に来たのではない、その逆だ」

「えっ？」

顔を上げた彼女を見て言った。

「馳走になった。素晴らしい料理に感謝する。正直、食事でここまで感動したのは生まれて初めてだ。今後も期待しているぞ」

ねぎらいの言葉を伝え、俺はその場から立ち去った。

「へっ……？　ええっと、お粗末ありがとう様っしたァッ！」

料理人は感激した様子で頭を下げた。

「ふぅん。ジンくんってば意外に優しいところがあるのね」

含み笑いをこぼすモルガンに、

「称賛すべき相手には称賛を惜しまない、それだけだ」

鼻を鳴らして俺は言った。

放課後になると、教室には弛緩した空気が漂い出した。

「ジンくんジンくん、放課後はデートしましょっ！」

ここにも頭の弛みきった女がいた。

「断る」

「はっ⁉　もしかしてもうほかの娘と約束を取りつけちゃった？　誰よっ、誰なのよっ！」

「おいサヤ──」

「わかったわ！　お昼に褒めた料理人ねっ？　あの娘絶対にジンくんに惚れちゃったもんねっ！　そうなのねっ⁉」

「なぜそうなる。落ち着け、そして黙れ」

「デートしてくれなきゃ黙ってあげない！」

いつになく強情なモルガンに、ため息がこぼれた。

「いい加減にしろ。俺はこの竜剣技もまともに使えん体を鍛えねばならんのだ」

「わかったわ、やっぱりわたしとデートしましょ！」

二度三度うなずいてモルガンは言った。

「話を聞いていたのか、この──」

「ちっちっちっ。断るのは行き先を聞いてからにしてもらえる？」

「なに？」

「大事なことを忘れてなぁい？　竜剣技を使うのに必要不可欠なもの、なーんだ？」

「む。霊装（ウェポン）か」

モルガンの言うとおりだ。

俺は完全に失念していた。

腰に下げた模擬剣（もぎけん）を一瞥（いちべつ）する。

このなまくらで竜剣技を放てば、一発で刀身が粉々になる。

「至光聖剣（テトラグラマトン）は時間跳躍（ちようやく）の際に失ってしまったが——待て、この時代にも神秘の湖はあるのか？」

「もっちろん。わたしの天象地儀（アークスフィア）も保管されていたわよ」

「ならば俺の至光聖剣（テトラグラマトン）も——？」

「ジンくん。湖畔（こはん）のデート、行くわよね？」

「やむを得んな」

「やったぁ！」

モルガンが俺の腕に抱きついた。

豊満な胸が押しつけられ、やわらかさと心地（ここち）よいぬくもりが伝わってくる。

「くっつくな離れろ、いちいち乳を押しつけるな！」

「恥ずかしがらなくたっていいじゃなぁい。わたしとジンくんの仲でしょうっ？」

周囲の目がどうこうではない。

俺にとってモルガンはあくまでも家族。

肉体が変わってもその意識に変化はなかった。

「まったく、この馬鹿者が」

「あんっ⁉」

モルガンの腕を強引に振りほどく。

「さっさと行くぞ。早く来い」

「はぁい」

俺が歩きだすと、モルガンはすぐに追いかけてきた。

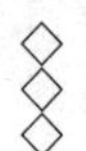

昔話をしよう。
騎士の力、すなわち竜剣技を手にした人類は、一つの問題に直面した。
武器の性能と耐久度である。

自身の内でマナを練り上げ、数十倍に増幅して繰り出す竜剣技。
当時の最高の名匠が手掛けた業物でさえ、その威力には耐え切れなかった。
せっかくの竜剣技が、このままでは宝の持ち腐れだ。
しかし、問題は意外な形で解決をみた。
竜剣技に耐えうる武器をもたらしたのは、人ではなく特別な土地。
それこそが神秘の湖だ。
湖から授かった霊装によって、騎士の戦闘力は格段に向上した。
「ここはかつて、我が王都ペンドラゴンが置かれていた地――」
そして神秘の湖こそが、この地の要。
湖があったからこそ、その近傍に王都は建造されたのだ。
俺とモルガンは、学院の周囲にひろがる森の中を進んでいた。
鬱蒼たる森の奥に隠された神秘の湖。
たどり着ける者は一握りだ。
霊装を手にする資格がある者にのみ、湖は姿を見せる。
意思を持っているかのごとく訪問者を選別し、相応しい武具を与える。
いつしか湖は擬人化され「女神」として崇拝されるようになった。

ちなみに湖の第一発見者は、七剣聖にも名を連ねる氷華の剣聖ニミュエ。

彼女が「湖の乙女」の二つ名を持つゆえんだ。

「そろそろよ、ジンくん」

あたりが深い霧につつまれる。

ここで湖は資格の有無を判定する。

一般人が霧の中を進むと、気がつけば元の地点に戻っている。

未熟な騎士や術師も同様だ。

逆に、女神が霊装に相応しいと認めた者ならば——

「ここは四〇〇年前と変わらんな」

霧が晴れ、俺たちの眼前に静謐な湖が現れた。

水面にはかすかな波もなく、真っ平らな凪の状態だ。

水質はとろりとした青色で、透明度は限りなくゼロに近い。

虫や魚、小動物や水鳥の気配はいっさいなく、どこまでも森閑としていた。

「ジンの肉体でもたどり着けた。やはり女神はマナの波長で判別しているのだな」

「よかった、途中ではぐれてたらデートが台無しになってたわ」

モルガンを横目で見て、

「待て。お前が同行する意味はあったのか？」

「あら、最初っからデートだって言ってたじゃなぁい」

口に手を当てまばたきを繰り返す。

まんまと手玉に取られてしまった。

「まあいい。至光聖剣(テトラグラマトン)を取り戻すとしよう」

持ち主が不在となった霊装(ウェポン)は、自動的に神秘の湖へと返却される。

そして次なる所有者の到来(とうらい)を待つ。

親から子、子から孫へと一つの霊装(ウェポン)が継承(けいしょう)されていくことも多い。

だが、至光聖剣(テトラグラマトン)を扱(あつか)えるのは後にも先にもアーサーただ一人だ。

「我がマナに応えろ、湖の女神よッ」

湖岸に立ち、マナ波を水面へと送りこんだ。

湖面が波立ち、いくつもの波紋(はもん)が生じる。

起きた変化は地味なものだ。

湖が割れて人を模した女神が出現したりはしない。

いずこから神々(こうごう)しい声が響くこともない。

神秘の湖は、人に語る言葉を持たなかった。

ただ霊装という結果で応えるのみだ。
ザァッ……！　水中から一本の剣が姿を現した。
「なんだこれはっ……？」
女神よりもたらされし、俺を所有者と認めた霊装。
その外観は俺の予想に反していた。
「あらあらっ？　真っ黒に錆びちゃってるのかしらん？」
モルガンが横から覗きこむ。
「これが至光聖剣だというのか……？」
問いかけても湖は答えない。
俺はしぶしぶ、黒色の錆にまみれた霊装に手を伸ばした。
柄を握り、湖から引き抜く。
外見と質感はさておき、形状は俺がよく知る至光聖剣に酷似していた。
刃渡り一五〇センチ超の堂々たる大剣。
長さに対して異常に軽量なのは、霊装ならではの特性だ。
柄の握り心地に、鍔の意匠。
一振りした際に伝わってくる重心の動き。

すべてが手に馴染んだ至光聖剣の感触そのものだった。

「どう思う、モルガン？」

「一人の人間が二つ以上の霊装を与えられた例はないし、やっぱりそれも至光聖剣なんじゃない？」

「本質的には同一物ということか」

この錆びた剣は至光聖剣であって、至光聖剣ではない。

確実なのは、性能が大きく劣っている点。

元は同じだとしても、状態が大きく違えば別物だ。

本来の至光聖剣をうら若き乙女だとするなら、この錆びた剣はさしずめ、死にゆく寸前の老婆だった。

「その霊装、ちゃんと銘が入っているみたいよ」

黒錆まみれの刀身には、小さく銘が刻まれていた。

「――暗蝕剣。今の俺に相応しい霊装か」

今の俺は至光聖剣の所有者たりえない。

相応しい者に相応しい霊装を与える。

そこに過不足はなく、絶対的に公正だ。

神秘の湖の性質、姿なき女神の裁定は四〇〇年経(た)っても不変だった。

前述のとおり、普通科の学生は模擬剣の装備が義務づけられている。
が、霊装を入手すれば帯剣は免除された。
霊装とは高密度の霊素が物質化したもの。
通常の武具とは違い、自在に具現化させることが可能だ。
必要に応じて念じるだけで、霊装はたちどころに手の中に現れた。
「今日から鍛錬だ。この貧弱な体を徹底的に鍛えてやるぞ」
放課後になると、俺は教室を後にした。
モルガンとは正門前で待ち合わせしていた。
「ジンくん！」
校舎を出たところで声をかけてきたのは、金髪の少女だった。
フランことフランソワーズ・J・モンマス。
昨日、彼女は俺の記憶を透視して失神し、今日は登校していなかった。

「フラン、体は大事ないのか」

「その節はご迷惑をおかけしました。おかげさまで元気ぴんぴんです。後遺症もありません」

　それでも俺の記憶を追体験したことで、フランの中には大きな「変化」が生じたはずだ。

「聞きたいことが山ほどあります。つきましては——」

「うむ」

「一緒にタピオカミルクティーを飲みにいきましょう！」

「タピオ……なんだって？」

　俺は意表をつかれた。

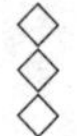

　タピオカミルクティーなる謎の単語。

　飲料物であること以外は皆目見当もつかなかったが、

「タピオカミルクティーは東方諸国の端にある島国発祥のスイーツなんですよ！　そのオリエンタルで摩訶不思議な味わいにハマる人続出なんだとか！　あと大切な人と一緒に飲

むと一生忘れられない思い出になるらしいです！　これは行列に並ぶしかありませんよねっ！」

　フランの熱弁で俺は一気に予備知識を得た。

「かくいうわたしも未体験でして。いやぁ、期待に胸が膨らんじゃいますね！」

「うむ」

　学生食堂で衝撃を受けて以来、俺もこの時代の飲食物には多大な関心を持っている。

　タピオカミルクティーにも大いに期待していた。

「ロンディニアきっての人気店が校庭まで移動販売に来てくれるなんて、さすがは天下の剣聖学院。大戦の英雄にはあらためて感謝しませんと！」

「ときにフランよ、聞きたいことがあるのではなかったのか？」

「ありすぎて逆になにから聞いたらいいかわかりません！」

　フランは興奮に目を輝かせて言った。

「あのとき視たのが真実の歴史！　ジンくんはアーサー王その人！　魔法使いマーリンとの月面での最終決戦から、宇宙の虹の出現による魂の時間跳躍！　くぅうっ、まさしく事実は小説よりも奇なりですね！　わたしのチンケな仮説なんて地平線の彼方にぶっ飛んじゃいましたよ！」

フランは俺の記憶を真実として受け止め、完全に信じたようだ。

もとより抱いていた正史への違和感が一気に氷解した心地なのだろう。

「いやぁ、大変素晴らしいものを視せていただきました！　この眼に感謝したのは生まれて初めてですよ！」

「意外だな。透視眼は希少な固有魔術のはず。それほどの眼は聖杯大戦当時にも数えるほどしかいなかったぞ」

「あはは。希少というのは言い換えれば異常ですからねー」

笑ったままフランは言った。

その瞳だけがどこか遠くを見つめている。

「心や記憶を読まれてうれしい人なんていません。わたしは平民の出身なので、周りからは怖がられたり避けられたりと散々でした。家族も……わたしのことは内心、薄気味悪く思っていたみたいです」

「人は誰しも嘘をつき、本心を隠しながら生きているものだからな」

非難するには当たらない。

それは人間関係を円滑にするための処世術だ。

「でも、わたしはそれをひと目で簡単に見抜けちゃうんです。近寄りたくないのも当然ですよね。自分でもずっとこの眼が大嫌いでした」

フランは本心をひと目で見抜いてしまう。

彼女の眼が畏怖され忌避されたのは、無理もないことだった。

「だからあのときは本当にびっくりしましたよ。後にも先にもジンくん一人だけでしょうね、『俺の記憶を読み取れ』なんて言ってくる人は」

フランがくるりと向き直り、俺の目を真っ直ぐに見つめた。

澄み切ったエメラルド色の瞳。

固有魔術を使っていないにもかかわらず、俺は美しい瞳に吸いこまれそうな気がした。

いっとき、前後の行列が見えなくなり、雑談の声も聞こえなくなる。

透きとおった世界で二人きり、俺とフランは向かい合っていた。

「ジンくんのせいで人生設計が変わっちゃいました。歴史小説じゃなくて抹消された真実の歴史を――アーサー王の物語をこの手で書き記すことが今のわたしの夢であり目標です」

言い終わると同時に、周囲の人混みと喧騒が戻ってきた。

「俺の語り部となるか。いいだろう、期待しているぞ」

「ふっふっふー、覚悟してくださいよジンくん。書くと決めたからには微に入り細を穿って調べ尽くしますからね！」

フランは急に真顔になって、

「――はぅぁッ!? か、考えてみたら王様をジンくん呼ばわりってやばくないですかっ？　へ、陛下とお呼びしなければっ……！」

わなわなと震え出す。

いきなり敬称で呼ばれ、俺は苦笑を返した。

「ジンのままで良い。フランは臣下ではなく友人だからな」

「そんなこと言っておいて、ある日突然『お前不敬罪で斬首な』とかならないですよねっ？」

「どんな暴君を想定している」

「だって記憶で視たアーサー王は、いつでもどこでも魔族の首を斬ってたじゃないですか。それはもうバッサバッサとズバズバと！」

「それは魔族だからだ」

そうこうしているうちに行列がはけ、俺たちの順番が回ってきた。

タピオカミルクティーを注文し、代金を支払う。

決済は硬貨も紙幣も必要とせず、学生証を読み取るだけで完了する。

預金口座から即座に代金が引き落とされる仕組み、とのことだ。

商品を受け取り、移動店舗を後にした。

「これがタピオカミルクティーか。むむ、なんと珍妙な……！」

透明な容器は薄茶色の液体で満たされていた。

中には黒い粒状の塊が入っており、底にみっしりと堆積している。

巨大な蛙の卵を思わせる見た目だ。

食欲をそそるとは言いがたいが、俺はすでに学習していた。

この時代の飲食物は、実際に口に入れてみるまでわからない。

「ぬっふふ、ついに念願のタピミルを手に入れましたよ！　これでわたしもリア充で陽キャでパリピでウェーイな人たちの仲間入りですっ！」

フランは妙に興奮していた。

「まずは写真を撮ってマジェスタグラムに投稿しませんとね！」

薄い板状の魔道具で撮影する。

「その魔道具はずいぶんと便利だな」

「携帯型多機能魔術回路器、略して携魔器。現代人の必需品ですよ」

「この時代における魔導技術の集大成だな。しかし名称に美意識が感じられん」

俺は一考して、

「俺ならばルーン文字を付けて『素人でも魔術を保有できる機器』、略して『素魔保』とでも命名するが」

「い、いやぁ、そのセンスもどうかと思いますけど……」

「むぅ、そうか」

わりと自信があったのだが。

フランは会話の最中も携魔器を操作していた。

「投稿文は『新しい学校で最初の友達とタピミル。この味は一生忘れません』っと。これで良し」

「では飲むとするか」

「いただきましょう！」

俺とフランはストローに口をつけ、薄茶色の液体を吸い上げた。

ほのかな甘みが口内にひろがる。

同時に、例の黒い粒が舌先に載り上げた。

「ほう、これはっ……！」

噛んでみると想像以上の弾力があった。

香味と糖分が染みこんでいて、噛むほどに味が出てくる。

「まさに東洋の神秘なる味わい！　長蛇の列ができるのもうなずける！」

　絶賛を惜しまない俺だったが、

「えっ……？　あっ、ふぅん」

　フランは気まずい顔になっていた。

「まずくはない、ですけど……えっ、これって並んで買うような代物？　しかも一杯八〇〇リブラって軽いボッタクリのような気が……というかこの程度の体験で一生忘れられない思い出になるとかどんだけ薄っぺらい人生送ってるんでしょうか……？」

「辛口だな。俺は気に入ったぞ」

　再度タピオカミルクティーを口に含んだ。

　うむ、やはり美味い。

「うっ……⁉　ま、まさかタピミルは飲んだ人の陽キャ度によって味が変わる飲み物っ⁉　そういうことなんですかジンくん⁉」

「違うと思うが」

「うぅっ……してやられました。やっぱりわたしは陰の道を生きていくしかないんですね。……ジンくん、今日は付き合ってくれてありがとうございました。それでは」

「ああ、明日また教室でな」

フランは気落ちしたまま去っていった。

「この噛みごたえはクセになる」

俺が一人でタピオカミルクティーを堪能していると、

「……楽しそうねぇ、ジンくん」

背後で地の底から響くような声がした。

「うぉっ⁉」

寒気をおぼえながら振り向く。

「なんだ、お前か」

立っていたのはサヤことモルガンだった。

「……ひどいわ、ジンくん」

明らかに尋常の様子ではない。

猫背になって、両腕をだらりと下げている。

乱れた黒髪が顔の大半を覆い、恨めしげな目で俺を見上げていた。

全身にまとっているのは凄愴の気。

俺が圧迫感をおぼえるほどだった。

「わたしに待ちぼうけを食わせておいてほかの女と浮気してるだなんて、そこまで鬼畜な人だとは思わなかったわ……！」

「なにを馬鹿な。フランとはこれを買って飲んだだけだぞ」

タピオカミルクティーの容器を指し示す。

そもそも俺とモルガンは夫婦でも恋人でもない。

よって浮気など成立するはずもないのだが。

「……フラン、ねぇ？　もう名前で呼んじゃう仲なんだぁ……？」

「モルガン、もしかして怒っているのか」

「べつにぃ？　ぜんぜんまったくこれっぽっちも怒ってないわよぉ……？　ていうかモルガンて誰のことぉ？　そんな人ここにはいませんけどぉ……？」

絶対確実に完膚無きまで怒っている。

これは面倒なことになりそうだ。

「悪かった。約束の時間を過ぎたのは俺の落ち度だ」

「……もういいわ、ジンくんの言葉なんて信じられない。わたしなんてどうせ、利用するだけ利用してポイ捨てされるに決まってるんだわ……」

「そう言うな。これでも飲んで機嫌を直せ」

俺はあらかじめ購入していた、もう一杯のタピオカミルクティーを差し出した。

はっとしてモルガンは顔を振り上げた。

「わ、わたしのためにこれをっ……？」

「そうだ。なかなかの美味だぞ」

「ありがとうッ！」

モルガンは両手で受け取った。

「ジンくん好き好き大好きぃっ！　許す許す超許しちゃうわぁっ！」

ずぞぞと勢いよくストローを吸い上げた。

「せわしないやつだな」

苦笑して俺は言った。

「では行くぞ。予定通り鍛錬に付き合ってもらう」

「はぁい！」

すっかり普段のモルガンだった。

学院の敷地には、騎士専用の訓練施設が備わっている。

規模も大きく設備も充実しており、鍛錬には世界最高の環境だ。

だが、施設には閑古鳥が鳴いている。

他の利用者はわずか数人という有様だった。

「これだけの設備が無用の長物と化しているとは、実に嘆かわしい」

「四〇〇年前と違って、魔族の脅威がほとんどない時代だからねぇ」

「脅威の有無など関係ない。限界までおのれを鍛え、さらにその限界をも超えていくのが騎士のあるべき姿だ」

「ジンくんの常識は世間一般の非常識よ。特にこの時代ではね」

受付を済ませ、第一訓練場を訪れる。

訓練場は番号によって設備の内容が異なっていた。

第一訓練場は「高負荷訓練」を謳っている。

基底部に設置された大掛かりな魔道具を用いて、疑似重力環境を作り出すのだ。

短期間で肉体を効率良く鍛えられる。

「通常は重力一〇倍が最大だが、それでは物足りん」

「そこでわたしが細工して五〇倍とか一〇〇倍とかにするってことね」

「頼んだぞ、モルガン」

訓練場内には俺たち二人きり。

モルガンでも支障はないはずだが、返事はなかった。

「どうした？」

「えっ？　あら、ごめんなさいジンくん。ほかの人は誰もそんなふうに呼ばないから気づかなかったわ」

「悪ふざけはあとにしろ、モルガン」

「……」

突然おかしなことを言いだした。

またもや返事はない。

「聞いているのか、モルガン？」

「……」

「わけを説明しろ。心変わりの理由はなんだ、モルガン？」

「えっ？　あら、ごめんなさいジンくん。ほかの人は誰もそんなふうに呼ばないから気づかなかったわ」

一字一句同じ言葉を繰(く)り返した。

彼女(かのじょ)の意図、望んでいることはすぐに理解できた。

しかし――

「なぜ呼び方にこだわる？　それも唐突(とうとつ)に？」

「大事なことだからに決まってますぅ」

「――わかった、サヤ。これでいいのか？」

「なにかしらジンくんっ！　なんでも言ってちょうだいっ！」

満面に笑(え)みの花を咲(さ)かせた。

「まったく――」

本当によくわからん。

長い付き合いだが、知られざる一面を垣間見(かいまみ)た気がした。

今後は俺の心象でも呼称(こしょう)を統一するとしよう。

俺はモルガンあらためサヤの体をじっと見つめた。

「あらっ？　やっぱりこの胸が気になるのかしらっ？」

大きな胸を両手で持ち上げる。

「違う、気になったのは乳ではなく体そのものだ」

「いやぁんっ！　ジンくんってば大胆なんだからぁ！　胸だけじゃなくてわたしの体がぜんぶ欲しいだなんて！」

「真面目に聞け、馬鹿者が。俺と違ってその体に不自由していないと思ってな」

「まぁねぇ。サヤちゃんてもともと、この時代では傑出した天才術師だったみたいよ。順調に成長したら魔女の名を継げそうなくらいのね」

「相応しい器というわけか。しかし元のモルガンの子孫ではありえない」

「ええ、もちろんそうよ。モルガンは誰かさんと違って夫も子供もいませんでしたからね」

なぜか恨みがましい視線を向けられた。

「なんだその目は。おのが血統を残すのは王たる者の責務だ」

俺は堂々と口にして、

「しかし、赤の他人に魂が定着するものか？」

「マナの波長からして赤の他人でもなさそうよ。完全に想像だけど、ひょっとしたらモルガンの姉妹の子孫なのかもね」

充分にあり得る話だった。

「それにしても甚だしい格差だ。片や当代随一の天才術師の肉体、片や貧相極まる騎士もどきの肉体とはな」

「そうねぇ。胸が大きすぎること以外は満足してるわ。はぁん、本当に重くて疲れて困っちゃうわぁ」

「見え透いた嘘をつくな」

嘆息して俺は言った。

「まったく、ジンを鍛えるのは骨が折れそうだ」

「ふふっ、なんだか楽しそう。昔から訓練とか鍛錬が大好きだものねぇ」

「違うな。俺が好きなのは強くなることだ」

無駄話はこれくらいにしておこう。

「始めるぞ。まずは重力二〇倍だ」

身も蓋もない話だが、騎士にとって体格や筋力はさして重要ではない。

マナの質と量、さらには制御の巧拙が騎士の力量を決定づける。

華奢で小柄な少女が筋骨隆々たる大男を力で圧倒することもありうる。

それでも、最低限の水準は満たさなければならない。

マナは純粋な霊的エネルギーだが、宿っているのは肉体だ。

マナと肉体の齟齬が大きすぎると、本来の力は発揮できない。

俺のマナはジンの肉体と同期しているが、調和にはほど遠い。

喩えるなら、大部分が目詰まりした水道の蛇口だ。

その目詰まりを解消する。

「ぐぬぉっ……！　二〇倍でこのざまとはっ、心底嘆かわしいっ……！」

マナを全開にし、限界まで負荷をかける。

全身のあらゆる箇所を満遍なく鍛えていく。

負荷をかけたそばから筋肉が断裂するが、マナを活性化させ即座に治癒していく。

ひたすらこの工程の繰り返しだ。

「サヤ、二五倍に上げてくれっ……！」

「はぁい」

制御室でサヤが術式を操作する。

「ぐうっ……！」

俺はさらなる高重力にさらされた。

まだまだ序の口だ。

暗蝕剣を具現化し、実戦を想定した素振りを始めた。

筋力の強化だけでは不十分。

同時に剣の振り方や体の動かし方を、体に徹底的に叩きこんでいく。

「ふははっ……！　この一秒ごとに強くなっていく感覚っ、久しいな……！」

辛いとも苦しいともまったく感じない。

疲労が蓄積するほど、熱意と集中力はますます高まった。

# 第八話

# 蠢動

薄暗い部屋に、荒い呼吸と衣擦れの音が響く。
息づかいは興奮と愛欲に満ちていたが、部屋の中には少年が一人きり。
唯一の光源である携魔器には、美少女の写真が映し出されていた。
「サヤさん、サヤさんっ、好きだ、愛してるよッ……！」
やがて少年は果て、衣擦れの音はやんだ。
快楽の余韻にひたりながら、撮り溜めた写真を鑑賞する。
写っているのは、どれもこれもサヤ・ブリタニアだった。
かなりの枚数だが、不自然なことに正面から撮った写真が一枚もない。
なぜなら彼のコレクションは、すべて盗撮したものだったからだ。
「君はなんて綺麗なんだ。まさに天から舞い降りた僕の女神だよ……！」
たぐいまれな美少女サヤは、少年の恋人でもなんでもない。
クラスも違うし、ひと言の会話さえしたことはなかった。

それでも少年は確信に近い予感をいだいていた。

自分と彼女は運命の赤い糸で結ばれている。

近い将来、きっと深く愛し合う仲になる。

いずれ結婚してたくさん子供をつくり、幸せな家庭を築く未来が約束されているのだと。

少年は写真を次々に表示させていく。

「はぁっ、はぁっ、最高に可愛いよサヤさん——ッッ⁉」

目を見開いて息を詰まらせた。

一枚の写真。素晴らしく魅力的な笑顔のサヤが、とある男子に抱きついていた。

金髪碧眼の、妙に偉そうなまなざしの少年。

しまった。やってしまった。痛恨のミスだ。

加工して消すはずがそのままにしていた。

一瞬でどす黒い不快感がこみ上げてきた。

彼の名はジン・アルトリウス。

世界でもっとも幸福な、世界でもっとも憎悪すべき相手だった。

「ああぁあッッッぁああぁあッッッぁあああぁぁッッッ……！」

頭を抱えて獣じみた呻きを上げる。

「死ねよ死ねよ死ねよ死ねよなんでだよなんでだよなんでだよ死ねよ死ねよ死ねよ死ねよぉぉおおおッッッ……！」

狂おしいまでの嫉妬と絶望の中で思う。

早くジンを消して、愛しのサヤを取り戻さなければならない。

「そうだっ！　あれを……あの薬を使えばッ……！」

机の引き出しを引っ掻き回し、指先大の小瓶を取り出した。

中にはピンク色のとろりとした液体が封入されている。

先日、ロンディニアの街で黒ローブの人物から手渡されたものだ。

怪しげな黒ローブはこう言っていた。

――復讐したい相手がいるなら、これを飲めば願いは叶う、と。

「ひっ、ひひひひっ！　ジン・アルトリウス、すぐにお前を消してやるからなぁっ……！」

正気を失った顔で小瓶の栓を開け、ひと息に飲み干した。

薄暗い部屋に、一気に酒をあおる音が響いた。

「ちくしょうっ！　なんなんだあの金髪の小僧はッ……！」

テーブルにグラスを置いたのは、歴史教師のエルディド・ダゴネットだ。

彼は懲りずに歴史の知識勝負でジンに挑み、ことごとく惨敗していた。

「薄汚い貧民がどうやって秘匿情報を知った？　ありえないはずなのにぃっ……！」

問題はジンのクラスだけではない。

噂が広まったのか、他のクラスでもエルディドは嘲笑の対象になっていた。

教師失格の道化師という不名誉なあだ名も定着していた。

結局は身から出た錆。

だがエルディド自身にそんな認識は欠片もない。

「悪いのはぜんぶ金髪の小僧だ！　あいつが諸悪の根源だっ……！」

早急に排除しなければならない。

ジンさえいなくなれば、自分は一目置かれる立場に戻れる。

偉大な英雄の末裔として、無条件に尊敬され称賛されるはずなのだ。

「僕にも力があれば……そうだ、力さえあれば簡単なことなんだ……！」

エルディドは内ポケットをまさぐり、ピンクの液体が入った小瓶を取り出した。

先日、ロンディニアの大図書館にて、黒ローブの人物から手渡されたものだった。

怪しげな黒ローブはこう言っていた。

――復讐したい相手がいるなら、これを飲めば願いは叶う、と。

「けっ、けけけけっ！　ジン・アルトリウス、すぐに貴様を教育してやるからなぁっ……！」

血走った目で小瓶の栓を開け、躊躇せずに飲み干した。

◇◇◇

薄暗い部屋に、けたたましい破壊音が響いた。

「クソがクソがクソがぁあああッッ！」

手当たりしだいに物を投げつけ、机や椅子を蹴りつける。

自宅の自室で暴れまわっていたのは、不良学生のジャーク・ボーンヘッドだ。

「ぜぇっ、ぜぇっ……クソ……がぁ……！」

動きが止まったのは、疲れて動けなくなったからだ。

どれだけ吐きだしても尽きぬ憤怒と屈辱。

これまでの一七年間、やりたい放題の人生を送ってきた。
今後もそれは永遠につづくと信じて疑わなかった。
だがあの日、すべては粉微塵に打ち砕かれた。
ただ女を口説いただけなのに。
今までと同じことをしただけなのに。
「……あの野郎さえしゃしゃり出てこなけりゃよぉッ……！」
金髪野郎が乱入してきて、決闘の流れになった。
……あとは思い出したくもない。
惨敗を喫して丸刈りにされ、失禁という大失態を演じた。
最悪なことに大勢の学生に目撃され、大量の写真を拡散された。
もう学院には行けない。顔を出せるはずがない。
以来ジャークは引きこもって、物に当たり散らすだけの日々を送っていた。
「誰が間抜けだクソ野郎がっ！　覚えてろよ、必ずテメエを殺して——ッッ!?」
びくりと震えて固まる。
威勢がいいのはそこまでだ。
決闘の記憶がよみがえり、総身が恐怖に打ち震えた。

ジン・アルトリウスが怖い。
二度と立ち向かう勇気など湧いてこない。
ジャークは惨めで情けない敗北者だった。
「――お困りのようですね。ジャーク・ボーンヘッド君」
ふいに声が響いた。
驚いて振り返ると、窓枠に見知らぬ人物が腰かけていた。
「な、なんだっ、テメエはっ……!?」
異様な風体だ。
黒ローブで頭の天辺からつま先までを覆っている。
顔も陰になってほとんど見えない。
性別さえ杳として知れない。
そもそも人間なのかさえも――
「私は『魔法使いの夜会』の使者。今夜はこれを届けに来ました」
黒ローブは指先で小瓶をつまんでいた。
中にはとろりとしたピンク色の液体が入っている。
妖しい光を放つ小瓶に、ジャークは無性に惹きつけられた。

「復讐したい相手がいるなら、これを飲めば願いは叶いますよ」

それだけ言って、黒ローブはふっと消えてしまう。

幻でも見たのか？

違う、例の小瓶は消えずに残されていた。

「復讐……あの野郎を……今度こそこの手でっ……！」

ふらふらと、光に引き寄せられる虫のように窓へ近づく。

ごくりと喉が鳴る。

心の内に渇望が湧いてくる。

力への渇望。ジャークがもっとも欲しているもの。

小瓶を手にした瞬間、迷いも逡巡もかき消えた。

「くっ、くくくっ！　ジン・アルトリウス、すぐにぶっ殺してやっからなぁっ……！」

ジャークは小瓶の栓を開け、ひと思いに飲み干した。

高重力下での鍛錬を開始して一週間。

休日を利用し、俺は朝から夕方まで第一訓練場ですごした。

「サヤ、仕上げだっ！　重力一五〇倍にしてくれ！」

「はぁい」

強烈(きょうれつ)な負荷が全身にかかる。

生身では自立さえ不可能な高重力場。

だが、マナを活性化させればなんてことはない。

両足が地面にめりこむこともなかった。

「はっ！　たぁっ！　ぉおおおっ！」

暗蝕剣(ルインセイバー)を具現化して何度も振る。

重力の鎖(くさり)にがんじがらめにされてなお、俺の体はイメージどおりに動いた。

上出来の仕上がりだ。

「鍛錬完了(たんれんかんりょう)。これでマナと肉体が調和した」

重力が元に戻ると、総身に力がみなぎるのを感じた。

鏡で確認(かくにん)してみるまでもない。

鍛錬の甲斐(かい)あって、ジンの体は一週間で見違(みちが)えるほどたくましくなった。

「ジンくん素敵(すてき)っ！　鍛え上げられたその体、肉眼でぜひ確認したいわぁ……！」

制御室から下りてきたサヤがうっとりする。

「興奮したらわたしも汗かいちゃったみたい！　シャワー行きましょシャワー！　背中流してあげるわっ！」

「必要ない」

俺はマナを活性化させ、全身の汗を吹き飛ばした。

「そんなぁ、あんまりだわっ……！」

よよよと泣き崩れるサヤだが、もちろん嘘泣きだ。

「さっさと帰るぞ、この馬鹿者が」

「はぁい」

サヤはけろりとして立ち上がった。

訓練場を出る。

空は茜色に染まり、じきに日が暮れようとしていた。

「ジンくん、疲れは溜まってないの？」

「それなりに疲労した。寮に戻ったらゆっくり風呂に浸かるとしよう」

「って、シャワーの誘いを断ったのにそれぇっ⁉」

「当然だ。風呂のほうが身も心も休まる」

「ぐぬぬっ。それならわたしもそっちのお風呂にお邪魔するわ！」

「やめろ、阿鼻叫喚の事態になるぞ」

「でも待って、ほかの男の子に裸は見せたくないから――そうだわっ！　いっそジンくんが女子寮のお風呂に来ちゃえばいいのよっ！」

「いいわけがあるか、この馬鹿者が！」

「大丈夫！　ジンくんに裸を見られて嫌がる女の子なんていません！　わたしが保証するわっ！」

「無責任なことを言うな、この馬鹿者が！」

一喝して、俺は果てしなく深いため息をついた。

と――

「気づいたな、サヤ」

「ええ、お客さんみたいね」

行く手に人影が三つ、待ち構えていた。

一人目は一週間前に叩きのめしてやった不良学生のジャーク。

二人目は授業で返り討ちにしてやった歴史教師のエルディド。

三人目の小太りの男子学生は見覚えがなかった。

制服から判断するに、サヤと同じ術師科の学生だろう。

逢魔ヶ時、ということなのか。

三者とも、異様なマナを全身から立ちのぼらせていた。

「誰かに操られているのか？」

「違うみたい。たぶんマナを暴走状態にされて、理性のタガがはずれちゃってるのよ」

真面目な目つきでサヤが答えた。

「「「――ジン・アルトリウス！」」」

三人が同時に言った。

白目がむき出しになった顔。

明らかに正気の沙汰ではなかった。

「消すッ！」「教育するッ！」「ぶっ殺すッ！」

三者三様の雄叫びを上げ、俺へといっせいに向かってきた。

話し合いの余地などない。

「さっそく鍛錬の成果を試せるな」

俺は暗蝕剣(ルインセイバー)を手に迎撃態勢を取った。

「サヤ、手を出すなよ」

「はぁい、っと。きて、天象地儀（アークスフィア）」

サヤが自身の霊装（ウェポン）を具現化する。

天象地儀（アークスフィア）は大きな水晶玉（すいしょうだま）で、魔女はその上に座（すわ）って浮遊（ふゆう）することを好んだ。

サヤが上昇（じょうしょう）し空の住人となる。

「ぶっ殺すぅぅうううッ！」

一番手のジャークが斬（き）りかかってくる。

手にしているのは模擬剣（もぎけん）ではない。

鋭（するど）い刃が閃（ひらめ）く。

ギィンッ！　片手持ちの暗蝕剣（ルインセイバー）で受け止める。

斬撃（ざんげき）が重い。比較（ひかく）にならないほど威力（いりょく）が増していた。

暴走したマナの恩恵（おんけい）は絶大だった。

「ほう」

ジャークの模擬剣を体ごと弾（はじ）き返した。

「消去してやるぅぅッ！　――放火球（スピットファイア）！」

間髪（かんはつ）をいれず、小太りの学生が魔術（まじゅつ）を放った。

直径三〇センチあまりの火球を、暗蝕剣（ルインセイバー）で難なく真っ二つにする。

「赤点ッ！　落第ッ！　貴様は退学処分だぁぁッ！」

エルディドは分厚く立派な装丁の書物を武器としていた。

片手に持ったそれを力まかせに振りまわす。

暴走したマナをみなぎらせた書物は立派な凶器と化していた。

「暴走とは言い得て妙だな」

三者の攻撃を捌きながら、頭上に言葉を投げかける。

「どうだサヤ、元に戻す方法はありそうか？」

「暴走したマナが理性や良心を燃やしちゃってる状態だから、炎を消しちゃえばいいはずよ。つまり――」

「マナの供給源を断てばいいのだな」

ならば簡単だ。

「――連火球ッ！」

小太りが手の平から小さな火弾を連射する。

この程度の魔術、直撃してもなんら支障はない。

が、みすみす喰らってやる理由もない。

俺は剣を使わず、地面すれすれに姿勢を低くしてやりすごした。

そのまま相手へと肉薄（にくはく）する。

「サヤさんを僕に返せぇぇえええッ！」

「そもそも誰だ貴様は」

俺は暗蝕剣（ルインセイバー）で贅肉（ぜいにく）だらけの胴（どう）を薙（な）いだ。

一刀両断の太刀筋（たちすじ）だが、胴体（どうたい）は裂（さ）けず一滴（いってき）の血も流れない。

身につけた衣服さえ無傷だ。

霊素で構築された霊装（ウェポン）は、肉体を傷つけずマナの体――霊体（れいたい）だけを斬ることができた。

「びぎゃッ――!?」

小太りのマナが爆散し、体が吹き飛ぶ。

マナが枯渇（こかつ）すれば暴走状態も解除される。

単純な理屈（りくつ）だった。

「糞生意気な金髪（きんぱつ）の小僧がっ！　歴史の重みを知れぇぇえええッ！」

歴史教師が上段から書物を振り下ろしてくる。

「ほざくな。貴様よりは知っている」

下段からの斬撃で歴史書を両断し、刃を返して上段から斬り落とした。

「げぎゃッ――!?」

霊体を両断。

マナが爆散し暴走状態が解除された。

「ジン・アルトリウスゥゥッ！　テメエだけは絶対に許さぶっ殺死ねやぁぁああぁッ！」

最後の一人、ジャークがしゃにむに斬撃を放ってくる。

マナが爆発的に増大し威力が向上しても、単調さは相変わらずだ。

剣術にはわずかな進歩も見られない。

「仮にも騎士が、マナを暴走させるとは嘆かわしい。貴様はどれだけ大失策を繰り返せば気がすむんだ」

ジャークの剣を跳ね飛ばし、俺は首を断つ軌跡で暗蝕剣を振りきった。

「ぐぎゃッ――!?」

マナが雲散霧消し、ジャークもまた静かになった。

「弱すぎる。これでは腕試しにもならん」

嘆息して俺はつぶやいた。

「ジンくん、一週間たらずで人の恨みを買いすぎじゃない……？」

空から下りてきたサヤが言った。

「む？　ボーンヘッドと歴史教師はともかく、小太りの術師は顔を見たこともないぞ。なにやらお前の名前を連呼していたが」

「そうなの？　でも知らない人よ。告白してきた男の子の中にもいなかったし」

「おおかた一方的に懸想していたのだろう」

逆恨みされた俺はいい迷惑だ。

サヤは地上に下りると、気を失っている小太りをしばし眺めた。

「ごめんなさいっ」

両手を合わせて小さく頭を下げる。

「気持ちはうれしいけど、君ってぜんぜんまったくこれっぽっちもわたしの好みじゃないのよね。びっくりするくらい欠片も運命を感じないわ」

口調はやさしいが内容は辛辣だった。

「マナの暴走。こいつは魔族絡みだな」

「そうねぇ。詳しくは犯人に聞いてみたら？」

サヤがくいっと指を動かす。

ジャークの上着から小瓶が出てきた。

空に見えるが、底部にはピンク色の液体がわずかに付着していた。

サヤは手元に手繰り寄せて検分する。

「霊薬の一種みたいね」

「それが暴走の原因か」

「そゆこと。で、調合時の残滓反応があるはずだから、こうしてっと――」

小瓶を天象地儀に接触させる。

天象地儀は液体のごときふるまいを見せ、小瓶を内部へと取りこんだ。

「あとは上手く増幅してあげれば――はい、できあがり」

天象地儀の中に同心円状の輪がいくつも描き出され、一箇所が点滅した。

「中心の小瓶が現在地で、光っている点が犯人の現在地。学院の敷地にいるみたいね」

即席の探査魔術。

鮮やかすぎる手並みには舌を巻くしかなかった。

「さすがは魔女だな。天象地儀は借りていくぞ」

「借りるって、一人で行くつもりなの？」

「お前が同行したら腕試しにならんだろうが」

俺は天象地儀に飛び乗った。

「送り届けたら天象地儀は戻していいぞ。帰りは自分の足で歩く」

「もう、ジンくんたら。晩御飯までには帰ってきてねーっ！」

天象地儀(アークスフィア)が離陸(りりく)し、俺を乗せて夕闇(ゆうやみ)の空に飛び立った。

第九話

# 固有魔術

天象地儀(アークスフィア)内の光点を確認する。

目的地はぐんぐん近づいていた。

初めて空から見下ろす剣聖(けんせい)学院の全景。

三〇〇〇人もの学生と、多くの教職員が集う巨大施設(きょだいしせつ)だが、今は人の姿もまばらだ。

やがて俺(おれ)は、校舎の建物と建物のあいだに到着(とうちゃく)した。

昼間でも滅多(めった)に人が訪(おとず)れない、死角となっている場所。

そこには一人の女がうずくまっていた。

俺は天象地儀(アークスフィア)から地面に飛び降り、声をかけた。

「なにがあった？」

呼びかけつつ観察する。

女の見かけは二〇代前半で、職員用の制服を身に着けていた。

着衣は乱れ、ところどころが破れ、身を掻き抱(いだ)いて肩(かた)を震(ふる)わせている。

「さ、三人の男が、よってたかって私をっ……！」

「それは災難だったな」

女の背後へと歩み寄って、

「本当であれば――！」

具現化させた暗蝕剣を頭めがけて振り下ろした。

「なッ――！」

驚きの声を残して女の姿はかき消えた。

俺の斬撃は地面を割るだけに終わった。

「私の正体をひと目で見破るとは、驚きました」

背後から再び女の声。

「やはり魔族か」

振り返ると、正体を現した魔族が立っていた。

魔族と人間の外見的な差異はいくつかある。

鋭く尖った爪や異様に発達した犬歯、針のように硬質な頭髪。

中でも最大の違いは瞳だった。

爬虫類のごとく瞳孔が縦に裂けた、妖しい輝きを放つ瞳。

魔眼と呼ばれる特徴的な目だった。

「後学のためにお聞かせください。なぜわかったのですか？」

魔族は普段、人間に化けている。

魔術による擬態を見破ることは不可能に近い。

魔族は物理的のみならず霊的にも人間を模倣するからだ。

マナ波による探知でも見分けはつかない。

俺とて絶対の確信があったわけではなかった。

「かまをかけただけだ。殺気をこめて斬りつければ十中八九、魔族は正体を現す」

俺の答えに魔族は呆れた。

「なんと無茶な御仁でしょう。仮に私が人間だとしてもお構いなしですか」

「反応がなければ寸止めする。単純だが、一番手っ取り早く確実だ」

「ジン・アルトリウス。やはり只者ではないようですね」

「俺のことを知っているのか」

「私ではなく、私の雇い主が興味を抱いているのですよ。申し遅れましたが、私は魔法使いの夜会の使いです」

「魔法使いの夜会――魔法使いだとっ？」

聞き捨てならない単語だった。

「知っていることを話してもらうぞ」

「私が了解するとお思いで？」

「魔族に口を割らせるのは慣れている」

「私も減らず口を利けなくするのは得意ですよ」

魔族が戦闘態勢をとる。

この時代における初陣、初の魔族戦だった。

「我が名はアラネス。魔の系統樹、カイーナの座に属する者」

「ジン・アルトリウス。肩書きはない」

互いに名乗りを上げる。

四〇〇年前から変わらない、一騎打ちの流儀だ。

カイーナの座とは、人間側の区分に当てはめると中級魔族に該当する。

「中級魔族アラネス。腕試しの相手にはちょうどいい」

「奇妙な御仁ですね。カイーナの座と聞けば大抵の騎士は怯むものですが」

「中級風情に怖気づく俺ではない」

とはいえ油断はしない。

（アラネスは固有魔術を習得しているはず――）
特殊な性質を有する唯一無二の魔術。
中級以上の魔族は例外なく固有魔術を習得している。
侮れば敗北と死を招く。
まずは固有魔術の見極めが必須だ。
「はぁっ！」
俺は率先して攻撃を仕掛けた。
アラネスは防御も回避もしなかった。
「無駄なことです」
ただ、消える。
忽然とその場から消失し、俺の剣は空を切った。
もちろん手応えはない。
「当たりませんよ、決して」
一拍置いて、すぐ隣から気配と声が生じた。
反射的に斬り払うが、またもや消え失せた。
アラネスが現れ、俺が斬りかかり、また消える。

その間、相手はいっこうに反撃しなかった。
「躱すだけとは余裕だな」
「お気になさらずに。これが私の流儀ですので」
悠揚たる口ぶりで言って、姿を消す。
俺とて闇雲に剣を振るっているわけではない。
アラネスが消える瞬間を観察し、分析する。
五感のみならずマナの感覚も研ぎ澄ませ、固有魔術の正体を掴もうとしていた。
確実にいえるのは、超高速の移動ではないこと。
であれば、周囲の空気や足元の地面に影響が生じるはず。
空間跳躍系の魔術でもなさそうだ。
その手の魔術に付随する空間の歪みがない。
それに空間跳躍系の能力なら、消失と出現は一瞬で完了する。
アラネスの固有魔術は、必ず数秒単位の時間差があった。
そこに能力のヒントがありそうだ。
移動はともなわず、単純に消えるだけの能力。
つまりは——

「――肉体の透明化。それが貴様の固有魔術だな」

断定口調で言うと、アラネスが正面に姿を現した。

「もう気づかれましたか。最短記録を更新ですよ、褒めて差し上げましょう」

固有魔術を見破られても、まったく動じていない。

俺に拍手を送るほど余裕綽々だった。

「――固有魔術『透化溶明』。能力はお察しのとおり、この世界から透き通ることです」

強がっているわけではない。

知られたところで、攻略は不可能だと確信している。

自身の固有魔術への絶対的な自信がうかがえた。

「さて、私の能力にどう対処しますか？」

「まずは片腕を斬る。そうすれば口も緩くなるだろう」

斬撃を放つが、当然のごとく空振りだ。

アラネスの所在は見当がつかない。

透明化の最中は足音もなく、気配も消えている。

魔力の波長さえ途絶して感知不能だった。

「どうやって？　いかなる斬撃も私には通じませんよ」

唯一、手がかりとなるのは声の発生源だ。

俺は暗蝕剣を突き出したが、

「理解していませんね。見えていないのではなく、透き通っているのですよ。私の居場所を突き止めても無意味です」

やはり手応えはない。

位置は捉えたはずだが、肝心の斬撃が透過してしまう。

アラネスの固有魔術、透化溶明。

ひとたび発動してしまえば、ほぼ無敵の能力だった。

「――疾風刃！」

次の瞬間、背中に風の刃が直撃した。

もっともダメージはほとんどない。

「おや？　直撃したというのに、並外れた魔術耐性ですね」

やや驚き混じりの声。

俺のマナは極めて特殊な性質を持つ。

自分で魔術はいっさい使えないが、敵の魔術に対しては驚異的な耐性を誇る。

俺に通じるのは固有魔術だけだった。

「これはどうです」
今度は左腕に痛みが走った。
魔族の鋭利な爪で斬り裂かれたのだ。
物理攻撃は当然、魔術耐性の影響を受けない。
敵ながらアラネスの一手は的確だった。
幸い傷は浅い。
マナを活性化させて止血し、振り向きざまに暗蝕剣を薙ぎ払った。
が、アラネスは余裕を持って透明化する。
斬撃をやりすごして俺の胴に爪を振るった。
「がっ……！」
体勢が崩れる。
アラネスは攻勢を緩めず、俺は防戦一方となった。
一発の威力はさほどでもない。
が、見えない敵からの攻撃はほとんど防御不能だ。
アラネスの攻撃は着実に俺を削って追い詰めていく。
反撃を試みるが、暗蝕剣はことごとく空を切った。

付け入る隙がまるでない。

アラネスが透明化を解除するのは、自分の攻撃が当たる直前のみ。

敵ながら見事な戦法だ。

固有魔術の特性を熟知し、最大限に活用していた。

「口ほどにもない。魔法使いの夜会はあなたを過大評価していたようだ」

このままでは敗北は必至。

しかし俺は少しも焦っていなかった。

「ふん、口惜しいな」

「私に勝てないからといって悔しがる必要はありませんよ。あなたは学生としては――」

「違う。この程度の固有魔術に苦戦している己自身が歯がゆいのだ」

アラネスは一瞬、呆気にとられた。

「なんとまあ。その異常すぎる自信の出どころを知りたいものですね」

「驕り高ぶっているのはむしろ貴様のほうだと思うが」

「私のは真っ当な自信ですよ」

アラネスが透明化する。

会話の最中も、俺は分析を重ね突破口を探り出していた。

透化溶明（フェードクレア）への対抗策（たいこうさく）はいくつかあった。

たとえば、視覚や聴覚（ちょうかく）を媒介（ばいかい）とする精神魔術。

アラネスは透明化時も、俺の姿を「視て」俺の声を「聴（き）いて」いるからだ。

サヤのような優（すぐ）れた術師であれば、たやすく手玉に取れるだろう。

フランが持つ透視（とうし）系の固有魔術もむろん有効だ。

こちらはアラネスにとって天敵といえる能力だろう。

魔術とはすなわち、認識（にんしき）と概念（がいねん）への干渉だ。

透視眼によって看破されたなら、透明化は完全に無力化される。

俺にフランの眼があれば、物理攻撃も通じていたはずだ。

さらに透化溶明（フェードクレア）は、重力を始めとした物理法則も透過していない。

時空間ごと叩（たた）き斬る超越（ちょうえつ）の技――アーサーが極めた至高の竜剣技（りゅうけんぎ）「煌龍剣（こうりゅうけん）」なら問答無用だ。

以上のように対抗策はいくつもある。

が、俺の手札の中にはない。

魔術はからきしだし、ジンの体で煌龍剣を使うなど夢物語の極みだ。

「ぐっ……！」

度重なる攻撃で膝が崩れる。

アラネスは好機と見てとどめを刺しに来た。

「終わりです、ジン・アルトリウスッ！」

声の発生源は正面。

だが違う。音の反響を利用した陽動だ。

アラネスは背後に出現し、俺の脳天へと爪を振り下ろした。

ズシャッ――！　それは俺の頭蓋骨が砕けた音、ではなかった。

背後へと突き出した暗蝕剣の切っ先が、アラネスの右手を貫いた音だ。

「なッ――なんっ、ですとォッ……!?」

「大振りの一撃を待っていたぞ」

アラネスが攻撃する直前、透明化を解いた直後。

俺の狙いは最初からその一点だった。

勝利を確信したとどめの一撃こそ、唯一にして最大の隙となる。

「これで形勢逆転だ」

あとは決めるだけだ。

「フェ、透化溶明――ッ!?」

唱えるが、発動しない。
痛手によって術式の制御が乱れたのだ。
アラネスは隙だらけの無防備な姿をさらしていた。
「おぉおおっ！」
俺は暗蝕剣を引き抜くや一瞬で反転し、上段に構えた。
すでにマナの練気は終えている。
技の準備は万事整っていた。
暗蝕剣の刀身が赤熱する。
「――火竜剣・一式『炎襲』！」
真っ向から打ち下ろした暗蝕剣はアラネスの右肩を直撃し、一直線に両断した。
斬り飛ばされた魔族の右腕が、回転しながら宙を舞う。
これこそが、騎士を騎士たらしめる竜剣技。
魔族を屠るため人類が磨き上げた刃だった。
「ガゥッ⁉　グギィァァアアアッツッ……！」
人ならぬ悲鳴を吐き出して倒れこむ。
あえて頭部ではなく腕を斬った。

俺の第一の目的は、情報を聞き出すことだった。

「さあ、質問に答えてもらうぞ」

頭部に切っ先を突きつけながら言う。

「ど、どうして傷が再生しないぃぃっ……！」

アラネスは右肩を押さえて呻いた。

「火竜剣を受けたのは初めてか。ただ斬ったのではなく『焼き斬った』からだ」

肩の断面は黒焦げになっていた。

赤熱した刀身により、切断と同時に焼灼して自己再生を阻害する。

この「溶断」こそが、火竜剣・一式『炎襲』の術理だった。

「馬鹿なっ……！　私の透化溶明は無敵であるはずなのにぃぃっ……！」

「無敵の能力などない。そして強力な魔術であるがゆえ、根本的に使い方を誤ったな」

「なんですと？」

「貴様の最善手は『逃走』だった。透化溶明を使って逃げを打っていれば追跡は不可能。

貴様はまんまと逃げおおせ、敗北することもなかったはずだ」

「ぐっ……！　ですがっ、まだ勝負はついて――」

「終わりだ。もう透化溶明は発動できまい」

「うぐっ……ぐぐっ……！」

　完全無欠の固有魔術などない。

　効果が強力であれば、発動条件もまた厳しくなる。

　おそらく透化溶明（フェードクレア）は、心身ともに万全（ばんぜん）の状態でなければ発動できない。

　俺は魔術を使えないが、多種多様な固有魔術と渡（わた）り合ってきた。

　百戦錬磨（ひゃくせんれんま）の俺にとって、この程度の推理は造作もなかった。

「答えろ、魔法使い（ヴァルプルギス）の夜会とはなんだ？」

「……アルビオン島最大の魔族組織ですよ。私はしょせん使い走りの身、それ以上のことは知りません」

「組織の長は誰だ？　マーリンという名に心当たりは？」

「誰ですか？」

「魔法使いマーリン。やつこそが魔法使い（ヴァルプルギス）の夜会の首魁（しゅかい）ではないのか」

「本当に知りませんってば。聞いたこともないですよ、マーリン――リリリリンンンンンッツッ!?」

「なっ!?」

　突如（とつじょ）アラネスが激しく痙攣（けいれん）し、全身のいたるところがいびつに隆起（りゅうき）した。

次の瞬間、皮膚を突き破って無数の木枝が飛び出した。

「これは――!?」

槍のごとく迫る枝をまとめて斬り落とす。

俺への攻撃を意図したものではない。

目的はアラネスの「処理」だった。

頭を内部から破壊され、アラネスは絶命していた。

その体は塵へと変わり始めている。

「口封じ、なのか――?」

斬り落とした枝を手にとる。

嫌というほど見覚えのある魔法植物だった。

「ヤドリギの枝……やはり貴様の仕業なのか、マーリン……!?」

ヤドリギはまもなく手の中で崩れ去った。

## 第十話　ロンディニアの休日

翌日の昼休み。

「――と、いうことがあったのだ」

俺は学院のカフェテリアで、アラネスとの戦いをフランに話した。

「ふむふむなるほど……ってぇ、のんきにマンゴーラッシー飲みながらする話じゃないと思うんですけど⁉」

黄色い液体をひと口啜（すす）ると、南国由来の芳醇（ほうじゅん）な甘（あま）さが口中に広がった。

「もっと重大に受け止めてくださいよ。中級魔族と戦うなんて現代では事件なんですから」

「そうなのか？」

「そうですよ！　正規の騎士だって下級魔族の討伐（とうばつ）が主任務なのに、学生が中級を倒すなんて前代未聞（ぜんだいみもん）ですから！」

「四〇〇年前は見習い騎士が中級魔族と戦うなど日常茶飯事（にちじょうさはんじ）だったが」

「今は時代が違うんです！」

「魔族も衰退したものだ」

正しく隔世の感があった。

「ま、まあ、アーサー王だったころは特級魔族に連戦連勝でしたからね。ジンくんの認識が違うのは無理もないですけど……」

フランは俺をじっと見つめて、

「あらためて考えると、わたしって生ける伝説と話しちゃってるんですね。そしてその生ける伝説がマンゴーラッシーを飲んでるという……」

「うむ。それにしても美味だな」

なおも俺はマンゴーラッシーに舌鼓を打った。

「ところでフラン、いちおう訊いておくが、魔法使いの夜会なる魔族の組織に心当たりはあるか？」

「いいえ、まったく。そもそも魔法っていうのが聞き慣れない単語なんですけど。魔術と一体なにが違うんです？」

「端的に言えばなにもかも、だ」

俺は説明をつづけた。

「単純に出力や規模が凄まじいだけでなく、この世の法則すら部分的に書き換えることが可能だった。マーリンが魔法使いを自称し、誰もがそう認めた所以だ」

「アーサー王の宿敵、魔法使いマーリン……本当にこの時代に来ているんでしょうか？」

「生きている限り、やつは必ず俺の前に姿を現す。宿敵とはそういうものだ」

「魔族の首領……特級魔族以上に強かったんですよね」

「やつの戦闘力は特級の比ではなかった」

「一撃で街を消し飛ばしちゃう的な？」

「街どころか大陸一つを消し飛ばせるほどだ。七剣聖が束になってもマーリンには歯が立たなかった。唯一やつと渡り合えたのは俺だけだ」

「ってぇ、そんな化け物が現代に現れたらやばすぎじゃないですか！　比喩でもなんでもなく世界の終わりですよ！」

「そうだな。だからこそ俺は最強の騎士にならねばならん」

「アーサー王の力を取り戻すってことですか」

「違うな。アーサーはマーリンを殺しきれなかった。となればアーサーを超越するほかあるまい」

「あわわわ……。雲を掴むどころか宇宙の果てまでぶっ飛ぶような話ですよ……」

　フランは頭を抱えて唖然としていた。

「べつにフランが気に病むことではあるまい」

「そのとおりなんですけど」

　フランは一つため息をついて、

「話を戻しますけど、アラネスとの戦いはここだけの話にしておいたほうが賢明ですよ」

「なぜだ？」

「なぜって……前から薄々感じてましたけど、ジンくんって中身がアーサー王だってことを隠す気ないですよね、ぶっちゃけ」

「ことさらアーサーだと喧伝しているつもりはないが」

「それでもめちゃくちゃ目立ってますからね、良くも悪くも」

「良いではないか。耳目を集めることは俺の目的に適う」

「と言いますと？」

「剣聖学院で名を揚げれば、魔族との接触が増えおのずと情報が手に入る」

　現にアラネスはジンのことを知っていた。

「さすればマーリンの手がかりも掴めるかもしれん」

「ジンくんの方針はわかりました。それなら目立つのもいいと思います。けど——これだけは言わせてください」

ひと呼吸置いて、フランは一気にまくしたてた。

「いくら恋人がいるからって、女子寮に堂々と突撃するのは良くないと思いますよっ！」

「む？　最初にサヤに会いにいった時のことか。フランが知っていたとは驚いたぞ」

「伝説の事件を知らないほうが驚きですから！」

フランは興奮し、心なしか赤面していた。

「と、とにかくです！　恋人とのアレやコレやはひと目につかないところでヤってください！　わたしみたいな彼氏いない歴イコール年齢の女子には刺激が強すぎますから！」

「忠告は理解した。しかしフランよ、俺とサヤは恋人ではないぞ」

「えぇっ⁉　そ、そうなんですか、わたしはてっきり……」

「サヤことモルガン・ル・フェは俺の異父姉だ。今もそれは変わらない」

「でも、サヤさんとは校内でよくイチャついてますよね……？」

「一方的にまとわりつかれているだけだ」

「ジンくんに恋人はいない……ふぅん、へぇえ、ほぉん……」

フランは思案顔でマンゴーラッシーを吸い上げた。

と、なにかを決意した表情になって、

「だったら今度の週末、一緒に街へスイーツ食べにいきませんかっ⁉」

「構わんぞ。俺もロンディニアをじっくり見物したいと思っていたところだ」

「ひゃっほぅ！　約束ですからね、ドタキャンしたら化けて出てやりますからねっ！」

フランは大喜びしていた。

その日の放課後、俺はサヤに同行していた。

行き先は文化部系の部室棟だ。

「部活動を作っただと？」

「ええ。ジンくんと二人きりになれる場所が欲しくって」

ちなみにドアには「魔女の館」なる名称が付いていた。

鍵を開けて部室に入る。

「じゃーん！　ここが二人の愛の巣よん！」

室内にはテーブルと椅子、壁際にはソファも設置されていた。

定員は五人ほどの広さだ。

「というわけでジンくん、さっそくソファでくんずほぐれつしましょ！」

「一人でやっていろ」

俺は椅子を引いて腰掛けた。

「アラネスを始末したヤドリギの魔術だが、マーリンが絡んでいると思うか？」

昨晩の戦闘の顛末は当然サヤにも伝えてあった。

そして、こと魔術に関しては彼女の右に出るものはない。

「なんとも言えないわねぇ。実物が残ってたらまだしも、証拠隠滅もばっちりみたいだし」

「魔法使いの夜会――魔法使いの名を冠する組織がマーリンと無関係とは思えん。必ず正体を掴んでやる」

新たな敵が出現したことで、俺の指針は固まった。

マーリンを知る魔族と接触できたなら、それだけで大きな前進となるはずだ。

「はぁん。なんだか疲れちゃったわぁ」

ぼいんと、サヤの大きな胸が頭に載せられた。

「……なぜ俺の頭に乳を置く？」

「え？　だっていろいろ考えて疲れちゃったから」

「乳でものを考えるな。頭を使え頭を」

サヤの悪癖である乳置きだが、これは俺が座っているときしかできない。

よって、立ち上がれば脱することは容易だった。

「いやんもうっ！　いいじゃない別に、減るもんじゃないんだからぁ！」

サヤはひとしきり頬を膨らませていたが、ふいに話題を変えて、

「ところでジンくん、恋人が長続きする秘訣ってずばり変化だと思うのよね」

「なんだ唐突に」

「そろそろ制服姿じゃないわたしも見せるわね。というわけで週末は街にお買い物に行きましょう！　わたしがジンくんの服を選んで、ジンくんがわたしの服を選ぶの。とっても素敵でしょう？」

「わかった、いいだろう。どのみちロンディニアに行く用がある」

断ったほうが余計に面倒になると俺は判断した。

「やったぁ！　約束だからね、来なかったら千年先まで呪ってやるんだから！」

「案ずるな。王たる者、ひとたび口にしたことは決して違えん」

「でも、ジンくんがお出かけなんて珍しい。用ってなんなの？」

「お前には関係ないことだ」

「ふぅん？　ま、付き合ってくれるんだから気にしないわ。はぁん、早く週末にならないかしら～！」

　終始サヤは上機嫌だった。

　週末の休日、フランとは学院の正門前で待ち合わせた。

「おはようございます！　って、ジンくんは今日も制服なんですね」

　フランは白のフリル付きブラウスに水色のスカートという、清潔感のある服装だった。

「支障はあるまい。それに校則にも『外出時はなるべく制服を着用すること』と書いてあったぞ」

「律儀に守ってる学生は皆無だと思いますけど……」

　フランは苦笑いした。

「ときにフランよ、飛行系や高速移動系の魔術は使えるのか？」

「使えませんよ。前にも言いましたけど基礎魔術はからきしなので」

「ならば馬車を待たせているのか？」

　学院とロンディニアは五キロほど離れている。

　歩くとなると、フランの足では一時間以上かかるはずだ。

「あのぅ……いちおう聞いておきますけど、どうやって街まで行くおつもりで？」

「走る」

俺は即答した。

「や、やっぱり四〇〇年前の人なんですねぇ。いいですかジンくん、現代には魔導列車という素晴らしく便利な乗り物があるんですよ」

「なんだそれは？」

「乗ったほうが早いですよ。というわけで駅に行きましょう！」

フランは率先して歩き出した。

俺の知っている「駅」とは、街道沿いに設置された馬屋のこと。

しかし案内された先に建っていたのは、似ても似つかない大掛かりな施設だった。

中に入り、改札を通過する。

運賃は学生証を接触させることで自動精算される仕組みだ。

そうして俺たちは魔導列車に乗りこんだ。

「こ、これはっ……！」

二本のレールが敷かれた線路の上を、巨大な箱が時速一〇〇キロ超で駆け抜けていく。

それだけの速度を出しながら乗り心地はすこぶる良い。

「どうですか、初めて列車に乗った感想は？」

「うむ、素晴らしく画期的な発明だな」

　俺は称賛を惜しまなかった。

「これだけの質量と速度、進路上に敵を誘導できれば兵器として使えるやもしれん」

「ってぇ、どうして物騒な方向にいっちゃうんですか！」

「先端に衝角を付けて操縦室や動力部を装甲で覆えばより盤石だな」

「脱線してますってば、脱線！」

「たしかにレールを破壊されたら最後、たちどころに脆弱性が露呈する。となれば戦場への人員輸送に特化させるのが上策か」

　ロンディニアに着くまでの数分間、俺は有意義な思索にふけった。

◇◇◇

　俺たちはロンディニア中央駅を出て、雑踏の中へと足を踏み出した。

　ロンディニアの街を訪れたのはこれで二度目。

　転生した最初の夜以来だが、当時は見物どころではなかった。

「それにしてもすっごい都会ですよねぇ。わたしも地方出身のお上りさんなので来るたびに圧倒されてしまいますよ」

「うむ。ロンディニアは紛れもなく人類史上最大の都市だ」

平地の面積だけで、我が王都ペンドラゴンの数倍の広さがある。

さらに都市は上下にも幅広い立体的な構造をしていた。

数十メートル級の高層建築物が立錐し、地下空間も存分に活用されていた。

「魔導技術の発達も目覚ましい」

大通り沿いに建ち並ぶ店舗は、昼間から魔術の光を惜しみなく灯している。

露店で肉を焼くのも魔術の火、大広場の噴水も魔術で水を操作していた。

街中を彩る音声や音楽も、魔術で音を発生させている。

馬車の姿はどこにもない。

くまなく整備された道路を行き交うのは、魔術の動力を搭載した「魔導車」だった。

魔導文明の花を咲き誇らせる都、ロンディニア。

人類の英知の結晶といえるだろう。

「だが、どうにも好かんな、この街は」

「それまたどうしてです？」

「装飾過多で軽佻浮薄、それがロンディニアの本質だ。俺の美意識とは相容れん」

都市だけでなく、ひいては国家全体に言えることだ。

俺の好みは正反対の、質実剛健にして実用本位の気風だった。

「街を守る城壁すらなく、人口も過密すぎる。魔族の軍勢に襲撃されればひとたまりもない」

「必要ないんですってば。そんなの現代じゃありえませんから」

「だが、この街には少なくない数の魔族が潜伏しているはずだ」

「そ、そのための剣聖学院なんじゃないですか？　有事の際は学院に救援を求めるという」

「弥縫策だな。住民が近くにいては騎士も術師も全力で戦えん」

「ううう……！　ジンくんが正しいような気がしてきました……」

頭を抱えるフランだったが、ふいに閃いた顔つきになって、

「でもジンくん、現代の平和ボケした都市だからこそ、美味しいものがよりどりみどりなんですよ？」

「む、それは……短所を補って余りある美点だな……！」

俺は翻意せざるを得なかった。

「正直でよろしい！　それじゃ、まずはオーギョーチを食べにいきましょう！」

「おぉっ！　珍妙だが魅惑的な響きだ……！」

オーギョーチなる未知の甘味。

その正体は、タピオカミルクティーと同じ極東の島からの伝来品だった。

見た目はゼリーに似ているが、原料となるのはイチジク属の植物だ。

乾燥させた微細な果実を水の中で揉むと、それだけでゼリー状の塊ができるのだ。

説明がなければ、原材料と完成品を結びつけることは困難だった。

「まさに東洋の神秘ですね！」

俺たちの席にオーギョーチが運ばれてくる。

鮮やかな黄色い見た目で、レモンの輪切りが添えられていた。

「さっそく頂こう」

「いただきます！」

俺とフランは実食した。

「むっ、これは――！」

よく冷えていて、つるりとした食感が舌と喉に心地好い。

適度な甘さとレモンの酸味が清涼感を演出していた。

「美味だな。暑い季節になればいくらでも食えそうだ」

俺は大いに気に入ったが、

「ふ、普通としか言いようがない……！　本体は無味無臭だし、これだったらそこいらで売ってるレモンゼリーで充分な気が……」

フランの評価は芳しくなかった。

ひとまず完食して店を出る。

「次は絶対確実な王道を攻めましょう。ずばりケーキバイキングのお店です！」

「それは行かねばなるまい……！」

胸が躍るとはこのことだった。

俺たちは次の店へと移動したが、

「うわ。さすがにめっちゃ混んでますねぇ」

入店待ちの客が長蛇の列を成していた。

「現在の待ち時間は四〇分……望むところです！　並ばない理由がありませんよね！」

「まったくだ」

俺はここで時刻を確認した。

四〇分の待ち時間とは実に都合が良い。

「すまんがフラン、所用をすませてくる」

「どうぞごゆっくり」

俺はフランを残して列を離れた。

◇◇◇

「もぉっ！　ジンくんたら五分の遅刻よ！」

ロンディニア駅前の広場がサヤとの待ち合わせ場所だった。

俺と同じ制服姿。

今日の目的が私服を買うことなのだから当然だ。

「待ってるあいだ一〇人くらいに声をかけられたわ。わたしが悪い男の人に連れて行かれたら、大変なことになるかもって思わなかったの？」

「お前に手を出して無事ですむ男はいまい」

「そうよ。ジンくん以外はね」

周囲をざっと見回したところ、誰もサヤには目もくれない。

声をかけられるのが面倒くさくなって、認識阻害の魔術でもかけたのだろう。

「さ、早くいきましょ！」

「わかったから腕を引っ張るな」

歩きながら俺は尋ねた。

「この界隈に仕立て屋があるのか？」

「現代でオーダーメイドの服を注文するのは貴族か大金持ちくらい。普通の人はお店で既製品を買うんですって」

「それにしては服の種類が多彩だが」

同じものが大量生産されているはずなのに、道行く人々はみな違う服装をしていた。

疑問は服屋に入ったとたん解消した。

「見て見てジンくん！　可愛い服がいっぱいよ！」

「見事な品揃えだ。質、量ともに申し分ない」

衣食住という言葉があるように、服とは人間の生活の基盤だ。

飲食物と並んで、この時代の豊かさの象徴といえた。

「これだけ種類が多いと目移りしちゃうわ。ジンくんはどんな服がいいと思う？」

「お前の服だ、好きに選べば良かろう」

「むーっ！　ジンくんに選んでほしいんですけどぉ？」

などと言いつつ、サヤは次々と服を試着していく。

「これはどうかしら？」

「悪くない」

少年のような格好から、いかにも少女趣味な格好。

「それじゃこっちは？」

「いいと思うぞ」

質素なデザインから派手なデザイン。

どれもこれもサヤは完璧に着こなしていた。

それゆえに、なかなか買う服を決められない。

「時間が惜しい。そろそろ結論を出せ」

ケーキ屋の待ち時間は四〇分。

移動も考えると、あまり悠長にしてはいられない。

「ジンくんが決めてくれたらすぐなのになぁ」

サヤは俺に決定権を委ねている。

「世話のかかるやつだ」

言いつつ俺は考えをまとめた。

試着した服はいずれも甲乙つけがたかった。

その上で俺の好みを言うならば、

「なるべく飾り気のない服装が良かろう。そのほうがサヤという素材が活きる」

「なるほどぉ！　ってことは──」

サヤは試着室に引き返し、手早く着替えをすませた。

「こんな感じかしらっ？」

薄いクリーム色のワンピースに赤のカーディガンの組み合わせ。

俺が意図した通りの服装だった。

「うむ。よく似合っているぞ」

「決まりねっ！　店員さんこれ買いまーす！　あとこのまま着て帰りまーす！」

サヤは浮かれた様子で支払いをすませた。

「やけに楽しそうだな」

「それはもう。女の子に生まれたからにはお洒落を楽しまないとねっ！」

「服に興味があったとは意外だ」

「どうして?」

「以前のお前は一年中、同じ黒ローブばかり着ていただろう」

そして四六時中、館に閉じこもって魔術の研究に没頭していた。

「だって昔はお洒落する意味も必要もなかったんだもの」

サヤは唇を尖らせた。

「なにをしたってモルガンとアーサーは結ばれない運命にあったわ。でも今は違う、わたしたちが結ばれていけない理由なんて何ひとつないんだから」

「肉体が変わろうと、俺にとってのお前は姉のままだ」

「どうかしら。ジンくん、魂は肉体より常に優位な立場で、影響を与えはしても受けはしないって、そう信じてるでしょ?」

「当然だ。肉体など魂の器にすぎん」

そのことは俺たちが身をもって証明しているはずだ。

「わたしはそうじゃないと思うわ」

サヤは意味深な笑みを作った。

「魂は肉体の影響を受けざるを得ない。わたしたちの思考や感性や認識は、知らず知らずのうちに変容していくはずよ、きっとね」

「……馬鹿なことを。俺の本質がアーサーであることは、今も昔も未来も変わらない」

俺は目線をそらして言った。

どうにも落ち着かなくなる会話だった。

「時間が押している。俺はそろそろ戻るぞ」

「あん、待ってよ！　わたしを置いて行っちゃうつもりなの？」

「先にも言ったはずだ、ほかに用があるとな」

「ジンくんの用ってなんなの？　わたしも付いていっていいわよね」

「俺の一存では決められんが——」

妙案を思いついた。

「直接訊いてみるとしよう。ついて来い」

「訊くって、誰になにを？」

サヤは小首を傾げた。

ケーキ屋の前に戻り、行列の中にフランの姿を捜す。

「ジンくん、ここです、ここー！」

フランは最前列まで移動していた。

「ずいぶん長いおトイレでしたね。体調は大丈夫なんですか？」

「なんの話だ？　俺はサヤの買い物に付き合っていただけだが」

「……はい？」

俺は振り返ってサヤを示した。

「そ、そんなっ……嘘でしょ、あんまりだわっ……！」

サヤは顔面蒼白になって全身を震わせていた。

「ジンくんの浮気者ぉおおおッ！」

わけのわからないことを叫ぶ。

「えええええっ……！　な、なんですかこの状況はッ……!?」

フランもあからさまに動揺していた。

「二人とも一体どうしたのだ？」

俺には理由がわからない。

心当たりがまったくなかった。

「あ、あのぉ、お客様」

と、そこで店から店員が出てきた。

「お席の準備が出来ましたが……あの、入店なさいますか……？」

「むろんだ。ところでフラン、サヤを同席させても構わんか？」

「あっ、えっ？　わ、わたしは別にいいですけど……」

「決まりだな。おいサヤ、突（つ）っ立っていないで早く来い」

「ほう！　まさに百花繚乱（ひゃっかりょうらん）、見ているだけで胸が躍るな！」

ずらりと並んだケーキを前に、俺は感嘆（かんたん）の声を上げた。

「これが四五分食い放題とは、長蛇の列が出来るのもうなずける」

目移りしそうだが、焦（あせ）る必要はない。

まずは手堅（てがた）くショートケーキ、チョコケーキ、モンブラン、チーズケーキを皿に載せ、
俺は席へと戻った。

「あわわわ、えらいこっちゃ……！　ていうか彼氏できる前に修羅場（しゅらば）突入（とつにゅう）とか意味わかんないんですけど……!?」

フランは頭を抱えてぶつぶつとつぶやいていた。

「がるる……！」

サヤは恨めしげな目つきで唸っていた。

「二人ともどうした？　四五分は長いようであっという間だぞ」

不審に思ったが、今はケーキを食すことが優先だ。

俺は着席すると、さっそく苺のショートにフォークを伸ばした。

「うむ、美味だ！　やはりフランの紹介する店は間違いないな！」

「いやいやいやいや！　元凶のジンくんがなに普通にケーキ食べてんですかぁッ⁉」

突如フランは両手をテーブルに叩きつけた。

「鋼のメンタルにも程がありますよ！　どうしてこの状況で平然としていられるんですかッ⁉」

「この状況……？」

たしかに空気は凄まじく重く張り詰めている。

サヤはこの上なく不機嫌だし、フランも困惑し憤っていた。

「少しは悪びれてくださいよ！　わたしとサヤさんの両方と約束するなんてヤバすぎますから！　二股かけてるようにしか見えませんってば！」

「不貞にはあたらないはずだ。俺たちは恋人でもなければ夫婦でもないのだからな」

　時間を有効活用して二人の要望に応える。

　俺には妙案としか思えなかったのだが。

「いやでも、サヤさんはまったくそう思っていませんよ……」

「おおかた人見知りでもしているのだろう。そういえば二人は初対面だったな」

　今さら気づいて俺は言った。

「フランはサヤのことはあらかた知っているな？」

「はい、記憶で視ましたから。前世は魔女モルガン・ル・フェで、アーサー王の異父姉。そしてジンくんと同じ四〇〇年前からの転生者、ですよね」

　俺はうなずいて、

「サヤ、彼女はフランソワーズ・Ｊ・モンマス。普通科の学生だが優れた透視眼の持ち主で、俺の過去も視て知っている人物だ」

「は、はじめまして、サヤさん……」

「ぐるる……！」

「どうぞ気安くフランと呼んで……」

「むきーっ！　しゃーっ！」

サヤは鬼の形相でフランを威嚇した。

「無理ですよジンくん！　完全に人の心を失ってるじゃないですかぁ！」

フランは涙目で訴えた。

「たしかにこれは重症だな」

サヤの目の前で手を振ってみるが、反応はない。

「どうするんですかこれ！　気まずすぎて窒息しちゃいそうですよ！」

「案ずるな。荒んだ心を癒やすにふさわしい場所がある」

「そ、それは朗報です！　さっそく行きましょう！」

「慌てるな。まずはここのケーキを堪能してからだ」

俺はチョコケーキを口に運ぶ。

うむ、これまた美味である。

「って、時間いっぱいいるつもりですか⁉」

「当然だろう。めざすは全種類完全制覇だ」

「ああもぉっ！　こうなったらわたしも食べますよ！　食わなきゃやってられるかこんちくしょーっ！」

フランは勢いよく立ってケーキコーナーに突撃した。

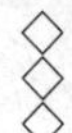

それから小一時間ほど。

ケーキ屋を後にした俺たちは、次なる目的地へと向かっていた。

「うぅ……いくらなんでもヤケ食いしすぎました。しばらくケーキは見たくもないです……」

「俺は毎日通いたいくらいだが」

俺は満足感に浸(ひた)っていた。

「サヤも食欲は旺盛(おうせい)だったな」

自らは席を立とうとしなかったが、俺が持ってきたケーキは一つ残らず平らげた。

「無表情で機械的に食べる様は見てて恐(こわ)かったですけどね……」

フランはげっそりした表情で言った。

サヤは相変わらず人の言葉を口にせず、幽鬼(ゆうき)のごとき足取りで付いてくる。

「それより、次の目的地はどこなんです？　心を癒やせる場所って一体？」

「じきに着くはずだ」

俺たちはロンディニアの中心部から、剣聖学院方向の郊外へと向かっていた。

歩くにつれて自然の緑が目につくようになり、人混みと喧騒が薄れていく。

「む、ここだな」

「なるほど、温泉ですか」

竹林を背景に建つ、年季の入った建物。

木製の看板には「安楽之湯」と記されていた。

「寮長が温泉好きらしくてな。学生寮の風呂を褒めたところ、この施設を紹介されたのだ」

「たしかに雰囲気はすごく良さそうですね」

古びてはいるが、きっちり手入れされていて老朽化はしていない。

飾り気のなさが実に俺好みだった。

「行くぞ。心身を癒やすとしよう」

「はいっ……って、あれ？　なにか重大なことを見落としているような……？」

「先に行くぞ」

俺は率先して建物に入った。

どのみち男女で別々に入るのだ。

集合時間だけ決めておけばよかろう。

所変わって女湯。

ジンは男湯に入っているので、当然この場にはいなかった。

(……あれ？)

ほかの客はおらず、フランとサヤの貸し切り状態だ。

温泉は期待以上の素晴らしい雰囲気だった。

竹林に面した半露天風呂で、あたりは静謐(せいひつ)な空気に包まれている。

ロンディニアの中にあるとは思えない、まさに穴場の秘湯だった。

(あれっ？　あれれれれっ……⁉)

もしフラン一人だったなら、極上(ごくじょう)のくつろぎを味わえただろう。

しかし今回、湯船には二人の少女の姿があった。

(って、サヤさんと二人きりって最高に気まずいじゃないですかぁあああッ⁉)

フランは胸のうちで悶絶(もんぜつ)した。

わかっている。この状況は完全に自己責任だし自業自得(じごうじとく)だ。

館内に入って入浴料を払い、脱衣所に進んで服を脱いで、作法どおり体を洗ってから湯船に浸かったのは他ならぬフラン自身だ。

（うぅ……さっさと帰っていればこんなことには）

どういうわけか、その選択肢は頭に浮かばなかった。

いっそう気まずくなるとわかっていながら、フランは温泉に入ることを選んだ。

「……お湯がすべすべして、気持ちいいわ」

サヤがぽつりとつぶやく。

フランには天からの声に思えた。

「ほ、本当にいい温泉ですよねぇ！　泉質は塩化物強塩泉で希少な源泉かけ流し！　美肌効果があるそうですけど、サヤさんの肌はこれ以上きれいになりようがないですよねぇ！」

無理やり笑顔を作って話しかけるが、

「……ぷいっ」

サヤはにべもなくそっぽを向いた。

「あははは－。あはは、あは……」

フランの作り笑いも剥落し、重苦しい沈黙が立ちこめる。

（うぐ……どうしてわたしがこんな目にぃ。こ、こうなったらサヤさんの心を読んで対処法を――）

嫌だ。駄目だ。それだけは絶対にしちゃいけない。

心の声が踏みとどまらせる。

同時にフランは自分の本心を知った。

（そうか、だからわたしは逃げなかったんですね。余計に気まずくなっても、それでも――）

再びサヤが口を開いた。

「あなたは……ジンくんのなに？」

敵意や悪意は感じられない。

が、フランをとてつもなく警戒していた。

いや、むしろ恐がっているというべきか。

「友達ですよ。それとわたしはジンくんの――アーサー王の伝記を書きたいと思ってます」

サヤをまっすぐに見て、はっきりと答えた。

対してサヤは視線を合わせようとしない。

「友達って……なに？　よくわからないわ」

サヤは生まれてこの方、対等な友人を持ったことがなかった。

人類史上最高の魔術師である「魔女」モルガン・ル・フェ。

彼女の周囲にいた人間は三種類に限られた。

魔女の弟子を自称する十人十色の術師たち。

身の回りの世話をする召使いの女たち。

そして家族。もっともモルガンが親しく接していたのは、異父弟のアーサー一人だけだった。

「わたしはジンくんだけがいればいい。ほかはなにもいらない。だからあなたも、これ以上わたしたちに近づかないでほしいわ」

「それはできませんッ！」

明確な拒絶の言葉にも、フランはいっさい怯まなかった。

湯船の中で立ち上がって声を張り上げた。

「だってわたし、サヤさんとも友達になりたいですから！」

それがフランの本心だった。

だから透視眼は使わない。使ってはいけない。

無断で心を覗き見たら最後、友情は永遠に成立しなくなってしまう。

「え……？」

サヤは毒気を抜かれたようにきょとんとした。

「意味がわからないわ。友達になりたいって、なにが目的なの？」

「友達になることが目的ですよ！　っていうか！」

「髪の毛！　温泉に入るときはお湯につからないようにするのがマナーですから！」

フランはサヤの背後に回りこんだ。

フランは左右二箇所で髪をまとめていたが、片方のシュシュを取り外した。

「ちょ、ちょっと……!?」

手早くサヤの黒髪を束ねて結い上げた。

「これで良しっと！」

フランはほどけた自分の金髪も結び直した。

「あ、ありがとう……」

サヤはうつむいてつぶやいた。

頬が赤らんでいたのは、湯にのぼせたせいではないはずだ。

「それにしてもサヤさんの髪ってきれいですね。わたしは金髪だから真っ黒な髪って憧れちゃいますよ」

サヤは両手で頭を守るようにして、

「あげないわよ……？」

「いやそういう意味じゃないですってば！　髪の毛を物理的にもらうとか完全にホラーですからっ！」

いつの間にか、重苦しい空気は雲散霧消していた。

# 第十一話　対戦相手

俺がこの時代に転生してから早一ヶ月。

気がつけば俺は学院の有名人となっていた。

校舎の廊下を歩くだけでも、噂話が耳に入った。


「あいつだろ、超問題児ジン・アルトリウス」

「普通科なのに騎士の力を持ってるんだって?」

「気に入らないやつをもう一〇人も病院送りにしたとか」

「おまけに最近めちゃくちゃモテだしてんだよなぁ」

「サヤさんとフランちゃんに二股かけてるってマジなのかな?」

「ウッソだろ⁉　ちくしょう、二人とも学年トップクラスの美少女じゃねえか……!」

「許せ羨まけしかこんちくしょうめぇッ!」

以上が主な男子学生の反応だ。

「アルトリウス君てさ、最近やけに格好良くなったと思わない？」

「もともと顔はイケてたし、急にたくましくなって超そそるわぁ……！」

「でもさぁ、術師科のサヤ・ブリタニアとデキてるって噂、あれ本当なの？」

「付き合ってるどころか将来を約束した仲だって聞いたけど？」

「ちょっとそれ誰に聞いたのよっ？」

「サヤさん本人からよ。ていうか伝説の女子寮突撃事件を知らないの？」

「知ってる知ってる！　アルトリウス君がサヤさんの部屋に押しかけて下着姿のままベッドに押し倒して、それから二人は最後まで……きゃーーっ！」

「なにそれ本当なのっ？　あのサヤさんがそんな大胆なことしちゃうなんてっ……！」

「でもでもっ、アルトリウス君が部屋にきたらそのまま入れちゃうかもっ……！」

「きゃーっ！　入れちゃうってなにをどこによっ!?　きゃーーーっ！」

女子学生の反応はこんな感じだ。

この学院には暇人しかいないのか。

俺は噂話の渦中を進み、教室にたどり着いた。

「む？」

普段とは様子が違った。

教室前の廊下が妙に張りつめている。

原因はひと目で知れた。

出入り口の脇に立つ長身の学生だ。

騎士科の一年生で、左の二の腕に「風紀」と記された腕章を巻いていた。

「ジン・アルトリウスだな」

俺に声をかけてくる。

親しみやすさを装っているが、棘のある詰問口調だ。

「そうだが、貴様は何者だ？」

「僕はパーヴェル・イグナシアス。風紀委員を務めている」

「俺は学院の風紀を乱してなどいないが」

「無自覚とは恐れ入るよ」

演技くさいため息をこぼして、

「傲岸不遜で唯我独尊。上級生はもちろん教師に対しても盾突き歯向かい、我が物顔で好き勝手な言動を振りまいて悪びれず反省もしない。君は一部でこんな陰口を叩かれているのを知っているかな？　ジン・アルトリウスはまるで『王様気取り』だと――」

「ほう、見る目がある者がいるようだ」

不敵に笑んで俺は言った。

パーヴェルは眉間に皺を寄せて、

「勘違いするな、誰も君を尊敬してなんかいない。絶対権力者の王なんて野蛮な時代の忌まわしき制度だ。この国にも学院にも王はいらない。百害あって一利なしだ」

「貴様の思想に興味はない。それより答えろ、俺がいつ学院の風紀を乱した？」

「この一ヶ月間、君の周りの風紀は乱れっぱなしだ。わかるかい、君は結果ではなく原因なんだよ」

「つまり俺を学院から排除したいわけか」

「理解が早くて助かるね」

パーヴェルは肩をすくめた。

「回りくどいやつだ。決闘をしたいならそう言え」

パーヴェルの力量を推し量る。

一見して、これまで叩きのめした連中とは格が違った。

騎士科の学生にもかかわらず、腰には模擬剣を帯びていない。

霊装も獲得済みのようだ。

竜剣技も会得しているに違いない。

「早まるなよ、うってつけの舞台がある。一週間後に開催される新騎戦さ」

「なんだそれは？」

「新入生限定の闘技大会だよ。試合の様子は学院にも中継され、毎年かなり盛り上がるんだ」

「衆人環視の中で白黒をつけるか。いいだろう、パーヴェル・イグナシアス。貴様の誘いに乗ってやる」

「そうこなくちゃね。それじゃ僕は行くよ。残り一週間の学院生活をせいぜい楽しむといい」

パーヴェルは満足して去っていった。

「新騎戦か。面白そうだ」

ジンのさらなる強化のため、実戦経験は必須。

まさに渡りに船だ。

存分に利用してやるとしよう。

「今のって風紀委員のパーヴェル・イグナシアスくんですよね？　ははぁ、ジンくんついに目をつけられちゃいましたねぇ」

フランが教室からぴょこんと顔を出した。

「なんだ、聞こえていたのか」

「それはもうばっちりと。ちなみにわたし、新騎戦の実行委員に入っていますので」

「それは奇遇だな」

「公正かつ円滑な運営を心がけますので、ジンくんは思いっきり戦っちゃってくださいね」

「せっかくの大会だ、できれば強者と戦いたいものだな」

「パーヴェルくんはかなり強いと思いますけど」

「物足りんな。他の出場者はどうだ、七剣聖の子孫がいれば理想的だが」

「ええっ！　それはさすがに……」

「学院に在籍していないのか？」

「どの方も籍は置いていますけど」

「それはいい。ランスロットやガウェインの子孫とぜひ剣を交えてみたいものだ」

「ジンくんって本当に怖いもの知らずですね……」

　フランは唖然として言った。

「残念ですけど、お二方との対戦は叶いませんよ」

「出場しないのか？」

「ランスロット先輩は二年生、ガウェイン先輩は三年生なので、そもそも出場できません」

「む、そうなのか」

ランスロットとガウェインが俺の先達とは、奇妙な感覚だった。

「それに先輩方は学生にして当代の剣聖ですから滅多に登校してきませんよ。年がら年中、特級任務で西方諸国を飛びまわっているんだとか」

「他の剣聖の子孫も似たようなものか」

フランはうなずいた。

「他に有力な学生は？」

「一年生だとナルミさんとレイネさんですね。カイウス卿とベディヴィエール卿の子孫です」

「あの二人の血統か！」

カイウスとベディヴィエール。

七剣聖に次ぐ実力を誇った、神聖円卓騎士団の主力騎士だ。

俺ことアーサーも全幅の信頼を置いていた仲間である。

「けど、二人とも新騎戦には出場しないんですよね」

「なぜだ？」

「ナルミさんは部活の掛け持ちで忙しいからで、レイネさんは大会に出るにはまだ未熟だから、だそうです」

「むぅ、どうにも巡り合わせが悪い」

いずれ相まみえることもあるはず。

旧友の子孫を失望させぬよう、日々鍛錬あるのみだ。

◆◆◆

星暦一八〇〇年の現在、大半の魔族は人類社会に潜伏していた。

アバロン連邦国にも多数の魔族の根城がある。

たとえばロンディニアの一角にある喫茶店「カフカ」。

店内は適度に薄暗く、落ち着いた雰囲気が味わえる。

マスターが淹れるコーヒーも評判が良く、多くの常連客をかかえていた。

常連客たちはもちろん人間で、魔族の隠れ家だとは知る由もない。

マスターを始め、魔族の店員たちはふだん何食わぬ顔で接客をしていた。

店は今日、貸し切りの看板を掲げている。

奥のボックス席で、三体の魔族が会談の場を設けていた。

「――本日はご足労いただき感謝いたします」

発言したのは、カフカのマスターである女魔族。名はラティ。

顔立ちは二〇代前半の成人女性だが、身長は一五〇センチ少々しかない。

あどけない少女のようにも、妖艶な美女のようにも見える、不思議な容姿の持ち主だ。

「私ども魔法使いの夜会は、魔族の皆様方に高品質な『戦いの場』を提供いたします。必ずやご満足いただけると確信しております」

「前置きはいい。今回の俺たちの相手は？」

尋ねたのは上級魔族カルバリン。

身長は二メートルを超え、体躯は筋骨隆々だ。

人間に擬態しているが、異様な気配を隠そうともしていなかった。

「マビノギオン剣聖学院の学生たちでございます」

「学生だと？」

「左様でございます」

魔族は食物の摂取を必要とせず、肉体の老化や寿命とも無縁。

代わりに生命維持に必須の要素が戦闘だった。

長く戦いから離れた魔族は、自己崩壊の憂き目に遭う。

比喩(ひゆ)ではない。実際に肉体が崩壊して死を迎(むか)えるのだ。

魔族とは、戦いなしでは生きられない戦闘種族なのである。

「一つ明確に答えろ。そいつらが本当に相応(ふさわ)しい相手なのか？」

カルバリンが問いただす。

「もちろんでございます。お二人のため逸材(いつざい)をご用意させていただきましたとも」

ラティは屈託(くったく)なく答えた。

相応しい相手。重要なのはその点だ。

魔族は本能的に戦いを欲(ほっ)する。

だが、相手は誰でもいいわけではない。

いくつかの条件を満たす必要があった。

一つ、相手は人間でなければならない。

魔族どうしの戦いで本能は満たされない。

そういう仕組みになっている。

一つ、相手は強者でなければならない。

ここが悩(なや)ましいところだった。

か弱い一般人(いっぱんじん)を何人殺しても本能は満たされない。

かといって、当代の剣聖に挑んでも返り討ちにあって死ぬだけだ。

強すぎず弱すぎない、絶妙な力関係の相手。

偶然に頼っていては、いつまで経っても対戦の機会は得られない。

そこで魔族たちは、魔法使いの夜会に依頼する。

この組織は対戦相手の斡旋を請け負っていた。

「まずは見目麗しき少女、サヤ・ブリタニアでございます」

卓上の携魔器を操作し、黒髪の美少女を映し出す。

「本年度の新入生ですが、学院始まって以来の天才だともっぱらの噂でございますよ」

「人間の天才魔術師ですか。分析のしがいがありそうですね」

言ったのは上級魔族モラン。

こちらは細身の体型で、きっちりした身なりだ。

擬態を解かなければ魔族だとまず思われまい。

「このお嬢さんは私が引き受けましょう」

「ありがとうございます、モラン殿。つづきましてカルバリン殿へのご紹介ですが」

卓上の画像がジンの顔写真に切り替わった。

「ジン・アルトリウス。血筋も来歴も不明ながら、突如として学院に現れた新進気鋭の騎士。学生の身ながら、すでに中級魔族一体を撃破しているのでございますよ」

カルバリンがぴくりと反応した。

「単独でか。やられたのは誰だ？」

「アラネス殿です」

「なんと、この少年が透過魔術を破ったというのか」

「左様でございます。当方としても手痛い損失でございました」

「いいだろう。俺自ら器を確かめてやる」

「ありがとうございます、カルバリン殿。それでは一週間後、あらためてご案内させていただきます――」

人知れず、魔族たちは狩りの対象を決定する。

優れた者は人のみならず、魔族も放っておかないのだ。

◇◇◇

一週間が経ち、新騎戦の当日を迎えた。

大会は学院から離れた専用の会場でおこなわれる。

正門前には大型の魔動車が何台も停められていた。

会場へはこれに乗って移動するのだ。

「魔動列車には一度乗ったが、こちらは初めてだな」

俺は魔動車の外観を眺めた。

馬車に代わる都市交通の要。

全長は七メートルあまりで、最大で二〇人が乗車できる。

魔術動力源を搭載しており、前後左右の四つの車輪を回して駆動する仕組みだ。

「素晴らしい技術だ。この形を成すまでどれほどの試行錯誤があったのか」

飾り気のない無骨な見た目。

「走る」という目的に特化し、無駄なく洗練された姿かたち。

魔動車は実に俺好みの造形物だった。

「だーれだっ？」

そのとき、背後からサヤが飛びついてきた。

大きな胸が背中に押しつけられて形を変える。

「暑苦しい。さっさと離れろこの馬鹿者が」

「いいじゃない、今日はお祭りなんだから」

背中から離れたのもつかの間、俺の腕にまとわりついた。

「なぜお前がここにいる？」

「言ってなかったかしら。わたしも新術戦に出場するのよ」

術師たちの新人戦も同時開催されることになっていた。

「初耳だが、お前が率先して参加するとは意外だな」

「よくぞ聞いてくれました！　実は新騎戦と新術戦の優勝者は結ばれるという伝説が――」

「あるのか？」

「ううん、ないわよ」

サヤはけろりとして言った。

「だからこそよジンくん！　わたしたちで今日新たな伝説を打ち立てましょう！」

「くだらんことに巻きこむな」

「あらっ、ジンくんてばもしかして優勝する自信がないのかしら？」

「なぜそうなる。それよりもいいかげん離れろ、鬱陶しい！」

俺はサヤの顔をつかんで引き剥がしにかかった。

「試合の前に女といちゃつくとはずいぶん余裕だな、ジン・アルトリウス」

現れたのはパーヴェル・イグナシアスだった。

俺を新騎戦に引きこんだ張本人だ。

いつものごとく「風紀」の腕章を装着している。

「貴様は余裕がないと見える」

「ふん。今のうちに好きなだけ吠えているといい」

捨て台詞を残して、パーヴェルは魔動車に乗りこんだ。

「今の人だぁれ？」

「一回戦の対戦相手だ」

偶然なのか、パーヴェルが仕組んだのかは知らない。

いずれにせよ、俺にとっては通過点にすぎない。

早々に退場させてやるとしよう。

「ジンくーん！　サヤさーん！」

今度はフランが駆け寄ってきた。

「う……」

とたんにサヤは鼻白んで、俺の背中に身を隠した。

「いよいよですね。わたしも心の中で二人を応援していますのでっ！」

「応援したからって、なんなの……？」

サヤが小声で毒づく。

俺にとっては意外というか新鮮な光景だった。

サヤはやたらと外面が良い。誰に対しても明るく元気に笑顔で対応する。

ただし言動は当たり障りがなく、表層的なものに限られた。

素の自分を決して見せず、そもそも俺以外の人間は眼中にない。相手にしていない。

そのはずだったが、フランにだけは異なる反応をするようになった。

間違いなく警戒し、苦手意識すら抱いている。

それでも上っ面だけの笑顔で応じるよりは、よほど深い交流だった。

「そこは素直に『ありがとう、がんばるわ』とでも返してくださいよ！　ねえジンくんっ？」

「そうだな」

自然と笑んで俺は答えた。

サヤに俺以外の理解者、友人と呼べる相手が出来るのなら、これほど喜ばしいことはない。

「がるるるっ……！」

そこへ至る道は長く険しそうだったが。

第十二話

# 新騎戦

新騎戦の会場は、学院から二〇キロほど東の雑木林だった。
一回戦に出場する俺は、ただちに木々の間に分け入った。
「それでは試合開始ですっ！」
会場に設置された魔道具から、実行委員のフランの声が響く。
対面で開始する形式ではなく、互いの位置は事前に通達されない。
実戦を想定していて俺好みのルールだ。
勝負は会敵する前から始まっている。
積極的に相手を探すか、待ち伏せて好機をうかがうか。
俺の選択はむろん前者だ。
マナ波でパーヴェルの居所を探知し、最短距離を駆けた。
「このあたりのはずだが」
パーヴェルの姿は見当たらない。

もう一度マナ波で探査しようとして、

「っ！」

背後に殺気を感じ、振り向きざまに暗蝕剣を斬り上げた。

キィンッ！　樹木の上から強襲してきたパーヴェルと刃が交わった。

「殺気を読むとはやるじゃないか」

「貴様こそ気配を断てるとは驚いたぞ」

平然と言って、片手で相手を押し返した。

パーヴェルが着地し、地上で俺と対峙する。

手にした霊装は、刃渡り八〇センチ少々の片手剣だ。

「待ち伏せて不意打ちとは、狡い手を使う」

「作戦と言ってほしいな。やられるほうが間抜けなだけさ」

パーヴェルは頭上に意識を向けた。

上空では飛行型魔道具が浮遊している。

魔道具は撮影と通信の機能を有し、運営や学院に映像を送っているのだ。

無機質なレンズの向こうでは、千人単位の観衆が勝負の行く末を見守っていた。

魔術の目による衆人環視。

　この状況で敗北すれば、言い訳は利かない。

　たしかにお誂え向きの舞台だった。

「観念しろジン！　僕の護宝剣でお前を斬って学院から排除する！」

　パーヴェルが斬りかかってくる。

「これは正義の執行だ！」

　カッ、キィン！　俺も暗蝕剣を振って斬り結ぶ。

　パーヴェルの太刀筋は想像以上に鋭く的確だ。

　剣術の基礎をしっかり修めている証拠だった。

「俺を悪と断じるか」

「そうだ！　好き勝手に振る舞う輩を僕は許せない！」

　剣戟が激しくなるにつれ、言葉も熱を帯びていく。

「周りの連中も馬鹿ばかりだ！　お前のようなやつをちやほやして称賛し、真面目な人間は顧みない。そんなのは正しくない、間違っているんだ！」

「だから俺を排除するのか」

「そうとも、それが僕の正義だ！」

「くだらんな」

剣ごとパーヴェルを弾き返して言った。

「なんだと……？」

「そんなものは正義ではない。ただの嫉妬だ」

「なッ――!?」

愕然としたのは図星だったからだ。

「要はうらやましいだけだろう。貴様は規範を逸脱することを恐れている臆病者にすぎん。よしんば俺を排除したところで、なにも変わりはしない。自分自身を変えない限り、本当に欲しいものは永遠に手に入らないままだぞ」

「黙れ！　その口を閉じろォッ！」

パーヴェルは憤怒の形相で叫んだ。

だが俺には向かってこない。

後方に跳躍して距離をとった。

パーヴェルがマナを練り上げる気配。

空中で腰だめに護宝剣を構え、着地と同時に抜き放った。

「――水竜剣・一式『早瀬打ち』！」

パーヴェルが放った水竜剣の技。

間合いを外した斬撃だが、空振りではない。
ズォッ！　練り上げられたマナが流水の刃と化して噴出した。
俺の首元めがけて一直線に翔んでくる。
「――火竜剣・一式『炎襲』！」
赤熱する刃で流水の刃を相殺する。
間髪をいれず俺は駆け出し、間合いを詰めにかかった。
「水竜剣の使い手か」
「お前は火竜剣か。こいつはいい――――！」
パーヴェルはにやりとした。
火竜剣、水竜剣、風竜剣、地竜剣は、四大基礎流派と称される。
流派ごとに技の内容は異なるが、それぞれに優劣はないとされる。
あるのは相性のみ。
有利不利は対戦相手によって変動する、というのが定説だ。
ただしそれは魔族を相手にした際の話。
騎士対騎士の戦闘では話が違ってくる。
対人戦においては、基礎流派の中でも明確な優劣があった。

もっとも有利なのが水竜剣で、次いで風竜剣。

少し劣って地竜剣で、最下位が火竜剣という序列だ。

この差を生み出しているのは、大部分が技の「間合い」による。

火竜剣の真骨頂は、接近して叩(たた)きこむ大威力(だいいりょく)の斬撃。

だが近づけなければ、自慢(じまん)の火力も用をなさない。

「水竜剣と対峙したなら、火竜剣の使い手は間合いを詰めるしかない」

パーヴェルがもったいぶって説明する。

「だが、間合いを制することこそが水竜剣の真骨頂！」

一歩退きながら、下段に護宝剣(シンクレア)を構えた。

「――水竜剣・二式『奇逃水(くしにげみず)』！」

振り上げると同時に放たれる流水の刃。

勢いに押されてパーヴェルの体が後退する。

再び距離を離され、眼前には流水の刃。

俺は暗蝕剣(ルインセイバー)で防御(ぼうぎょ)するしかなかった。

「むっ……！」

竜剣技には竜剣技でしか対抗できない。
技の威力を殺しきれず、暗蝕剣が弾かれて体勢が崩れた。
間合いを取ることに主眼を置いた二式『奇逃水』。
威力はさほど高くない。
が、暗蝕剣に衝突した流水の刃は、砕けて無数の飛沫と化した。
その一滴一滴が微細な水の刃だ。
剣一本では防ぎきれず、俺の霊体を削り取っていく。
防御が困難な流水刃は水竜剣の強みだった。
「さらにぃっ！」
隙を逃さず、パーヴェルは踏みこんで新たな技を繰り出した。
「――水竜剣・三式『荒打水』！」
速さと正確さを重視した、腕をたたんでの鋭い撃ちこみ。
この技は流水刃を放たない。
代わりに刀身がマナの水滴をまとっていた。
不利を承知で俺は暗蝕剣で斬り返した。
カッ！　護宝剣を捌いて落とし、刃の接触時間を最短に止める。

つ。

が、一瞬の接触にもかかわらず、暗蝕剣からマナが失われていく。

この「冷却」こそが三式『荒打水』の特性。

付着した水滴が熱を奪って発散させるように、敵のマナを強制的に減衰させる効果を持

対人戦においてその効果は地味だが絶大。

まともに喰らえば一撃で勝負が決しかねない危険な技だった。

「やはり火竜剣では手も足も出ないな！」

水を得た魚のごとく躍動するパーヴェル。

一気に攻勢に出て、立て続けに斬撃を見舞ってきた。

減衰したマナが回復せず、俺は受け手に回るしかない。

パーヴェルの立ち回りは大胆かつ慎重だ。

竜剣技をやみくもに連発はせず、使い所をわきまえている。

攻勢を強めても、火竜剣の間合いには決して踏みこんでこない。

俺が技を使おうとしたら、即座に二式『奇逃水』で距離を取るだろう。

「ははは！　僕が水竜剣の使い手だったことが運の尽きだったな！」

「むしろ好都合だ。こうでなくては鍛錬にならん」

平然と告げる俺にパーヴェルはいきり立って、

「負け惜しみをっ！　その自意識ごと叩き斬ってやる！」

再び攻めこんできた。

「どうしたどうしたぁっ！　肉を切らせて骨を断つ覚悟もないのか！」

「貴様ごとき、せいぜい肌を焼くていどの覚悟で事足りる」

俺は技を放った。

「――火竜剣・三式『烽仙花』！」

パーヴェルではなく、足元の地面に向かって。

「なにっ⁉」

地竜剣ならいざ知らず、火竜剣で大地を斬りつけても無意味。

だが俺は血迷ったわけでも、斬撃を仕損じたわけでもなかった。

三式『烽仙花』は粉塵状のマナを刀身に生じさせる技。

その特性は切断面の「爆破」だ。

ドゴォッ！　一拍遅れて地面が爆ぜ、大量の土砂が巻き上げられた。

マナの爆風をまともに浴び、俺の霊体は容赦なく焼かれた。

これでいい、狙いどおりだ。

あたりに濃い土煙が立ちこめ、互いを視認できなくなった。
「時間稼ぎか。追い詰められているとと白状しているようなものだぞ」
パーヴェルが嘲笑う。
「この煙が晴れた時が決着の時だ。容赦なく正義を執行してやる」
マナを探知すれば目視に頼らず敵の位置は把握できる。
だが俺の予想どおり、パーヴェルは待ちの一手を選択した。
やつにしてみれば、焦って攻め急ぐ必要はない。
優位である以上、俺の出方をうかがうのが常道だった。
(なに一つ間違いはない)
実に手堅い、必勝を期した戦術だ。
それでもパーヴェルは致命的な見落としをしていた。
(俺がアーサーでなければな)
尋常の騎士であれば、時間稼ぎに意味などない。
流派ごとの相性が覆ったりはしない。
しかし——
俺は目をつぶって外界の情報を断ち切った。

自分の中に意識と精神を集中させ、マナを深く感じ取る。

（まずは色を変える――）

赤から青へと、光の波長を変えるように。

（そして属性を変える――）

火から水へと。

すべてを焼き尽くす赤き炎から、変幻自在に流れる青き水へと。

変換は、為った。

カッと目を開いた刹那、風に流され土煙が晴れた。

護宝剣を構えたパーヴェルが現れる。

このとき俺は、鏡映しのごとく同じ構えをとっていた。

技を、放つ。

「「――水竜剣・一式『早瀬打ち』！」」

俺とパーヴェルは、同じ水竜剣の技を繰り出した。

流水刃が空を裂き、中間点で激突する。

同じ流派の同じ技。

となれば、優劣を決するのは純粋な力量。

ズパァッ！　俺の流水刃が相手のそれを断ち割り、パーヴェルを強襲した。

「なっ、なんだとォッ――――っぁ⁉」

流水刃が護宝剣(シンクレア)を跳(は)ね飛ばし、パーヴェル本体も吹(ふ)き飛ばした。

「そんな馬鹿なぁ！　竜剣技(りゅうけんぎ)は一人一流派と決まっているはずなのにぃっ……⁉」

「悪いが俺だけは例外だ」

「な、なんでっ……？」

「四大流派の始祖だからだ」

「はっ？　な、なに言ってんだよ？　いったい何者なんだお前はぁッ⁉」

アーサーと名乗ったところで意味はない。

丁寧(ていねい)に説明してやる義理もなかった。

「どのみち学院を去る貴様には関係ない」

暗蝕剣(ルインセイバー)の刃を返す。

同時に、先ほど直撃(ちょくげき)して弾けた流水刃がパーヴェルの後方で再び結集した。

「パーヴェル・イグナシアス。騎士として大成したくば、まずはゆがんだ性根(しょうこん)を叩き直せ」

「ま、待ってくれ！　僕(ぼく)が悪かった、間違ってたよ！　謝(あやま)るっ、謝るから――――」

問答無用で技を繰り出した。

「──水竜剣・一式改『早瀬返し（はやせがえし）』！」

暗蝕剣（ルインセイバー）を斬り返すや否（いな）や、流水刃がパーヴェルを背後から強襲した。

「ぐぎゃゥッ……!?」

霊体への攻撃（こうげき）のため、真っ二つになることはない。

パーヴェルは前方に吹き飛んで失神し、戦闘不能に陥（おちい）った。

「決まりましたぁ！　一回戦第一試合はジンくん──じゃなくてジン・アルトリウス選手の勝利ですっ！」

フランの声が雑木林に響き渡（わた）った。

上空の飛行型魔道具を通して、俺の勝利は多数の人間が目撃（もくげき）したはずだ。

「サヤも一回戦を戦っているころか。後（おく）れを取ることはあるまいが──」

ズガンッ！　突如（とつじょ）、上空の飛行型魔道具が爆発（ばくはつ）四散した。

さらに隕石（いんせき）のごとく高速で落下してくる物体が一つ。

「なにっ！」

ドゴォッ――――！　俺が退避した直後、地面に激突。

衝撃波が地面をめくり上げた。

小規模のクレーターと化した落下地点。

空から降ってきた一体の魔族が、拳を地に当てて片膝をついていた。

ゆっくりと立ち上がる。

身長二メートルに達する、筋骨隆々たる体躯があらわになった。

「一つ明確に答えろ。お前がジン・アルトリウスで間違いないな」

魔眼で俺を見据えて言った。

「いかにも俺がジンだ」

「ならば良し！　相手になってもらう」

「予期せぬ乱入者というわけか。いいだろう」

連戦になるが、関係ない。

疲労など皆無だし、なにより魔族に背を向ける俺ではない。

「我が名はカルバリン！　魔の系統樹、アンテノラの座に連なりし者！」

「ジン・アルトリウス。肩書きはない」

名乗りを上げ、俺と上級魔族カルバリンは臨戦態勢に移行した。

◆◆◆

「あら？　なんだか妙な気配ねぇ？」

新術戦の一回戦に臨んだサヤは、特筆することもなく勝利を収めていた。

対戦相手はすでに倒れて意識を失っている。

だが、周囲の様子がなにかおかしい。

サヤは天象地儀に乗って空へと上がった。

「マナじゃなくて魔力の反応？　ってことは――」

バシュッ！　背後から数発の魔力弾が迫った。

「いやん」

天象地儀を旋回させて回避する。

魔力弾を撃ったのは、翼をはためかせた一体の魔族だった。

「こんにちは魔族さん。なにか用かしら？」

すぐには答えず、サヤをじっと見て、

「六〇パーセントと四〇パーセント」

ふいに魔族はつぶやいた。

サヤはきょとんとする。

「あなたが戦う確率と逃げる確率です」

「うっそぉん、大当たりだわ！　面倒だから逃げちゃおうって気持ちが四割くらいで、あとでジンくんに大目玉喰らうのは嫌だから戦おうって気持ちが六割くらいだったのよね。すごいわ魔族さん、どうしてわかったの？」

「ただ分析したまでのこと。ですがあなたに選択の余地はありません」

表情を変えずに魔族は言った。

「我が名はモラン。魔の系統樹、アンテノラの座に連なりし者」

「サヤ・ブリタニア、一六歳。花嫁修業の真っ最中でぇす」

サヤは名乗りを上げてウィンクした。

「ねえねえ魔族さん、その特技で恋愛占いはできないのっ？」

「申し訳ありませんが、担当外です」

つれなく言うモランに、

「そんなぁ、せっかくジンくんとの将来を占ってもらおうと思ったのにぃ……」

サヤは心底がっかりした。

所変わって、試合会場の雑木林を一望できる小高い丘。

そこには大会運営本部が設置され、多くの実行委員が詰めかけていた。

「い、一体なにがっ？　映像が急に消えてしまいましたけど……？」

実況をしていたフランを始め、本部は予期せぬ混乱の波につつまれていた。

「全機がいっせいに故障するだなんてありえない」

「不測の事態が起きたのかもしれないぞ」

「至急、人を送って様子を見に行かせましょう」

「場合によっては大会の中止も検討――」

慌ただしくなる実行委員だったが、

「皆様、どうか落ち着いてくださいませ」

慇懃な声が響いた。

いつの間にか、本部テントの前に小柄な女が立っていた。

喫茶店「カフカ」の店主にして、魔法使いの夜会に所属する魔族ラティだった。

「心配なさらずとも、これより先の運営は私がお引き受けいたします」

「だ、誰だ……？」

　色めき立つ人間たちだったが、

「それでは皆様、しばしのご休憩を」

　ラティが両の瞳を妖しく光らせると、ばたばたと昏倒していった。

　魔眼の発露と同時に、催眠系の魔術を使ったのだろう。

　しかし――


「ま、魔族ッ……⁉」

　フランただ一人が影響を受けず、意識を保っていた。

　ただしその身は恐怖に竦み上がっている。

「はて？　実行委員は通常人のみとうかがっておりましたが」

「視覚媒体の魔術は効きませんから……」

「ははあ、透視眼の使い手でございましたか。道理で」

　ラティが近づいてくるが、フランは一歩も動けずにいる。

「どうしてここに……な、なにが目的なんですかっ⁉」

「そうですねぇ、差し当たっては」

ラティはにっこりと笑って言った。

「コーヒーを淹れることでございましょうか」

「は……い？」

絶句するフランの横を通って、ラティは悠然とテントの中に入った。

「そう怯えないでくださいませ。危害を加える気は毛頭ございませんので」

「魔族の言葉を信じろっていうんですか？」

「すでにわたくしは行動で示していると思いますが」

そのとおりだった。

ラティに害意があればフランはもう息をしていない。

「互いに思いがけない機会です。人間と魔族、たまには戦火を交えず平和的に話し合うのも一興でございましょう」

「……わかりました」

相手の要求を呑むしかない。

「ところで貴方様は、コーヒーはお好きでしょうか？」

「……砂糖とミルクが入っているなら」

覚悟を決めてフランは答えた。

テント内にはインスタントコーヒーの瓶があったが、ラティは目もくれなかった。

「泥水、とまでは申しませんが、とてもお客様に出せる代物ではありません」

持参した豆をミルで挽くところから始める。

湯を沸かし、慣れた手付きで二杯のコーヒーを淹れた。

「お待たせいたしました。当店のスペシャルブレンドでございます」

フランは着席して身を硬くしていた。

「冷めないうちにどうぞ」

ラティが対面に腰を下ろして言う。

「あの、砂糖とミルクは?」

「まずはブラックでご賞味くださいませ」

「……苦いのは好きじゃないんですけど」

かといって、断れる立場でも状況でもない。

フランはカップをつかんで一口飲んだ。

挽きたてなだけあって香りは文句なしに素晴らしかったが、

「お味はいかがです?」

「やっぱりわたしには苦いです」

ブラックコーヒーなんてほぼ飲んだことがない。

大人が格好つけて我慢して飲むものだと、フランは勝手に解釈していた。

「それは残念至極にございます」

ラティは香りを楽しんでから、実に美味そうにコーヒーを啜った。

「わかりません。わたしみたいな学生と一体なにを話すんですか？」

「もちろん魔族と人間に関して、でございますよ」

カップを置いてラティは言った。

「まずは自己紹介から始めましょう。わたくしの名はラティ、魔の系統樹プトロメアの座に連なりし者にございます」

「プ、プトロメアって、特級魔族ッ……!?」

「左様でございます。わたくしごときプトロメアの面汚しと自負しておりますが」

フランは愕然とし、あらためて戦慄した。

最上位の魔族。現代においてはなかば伝説的な存在だ。

一般人はおろか騎士でも遭遇することは滅多にない。

「さて、貴方様の名前をお聞かせ願えますか？」

現実感がなさすぎて、フランは逆に冷静になった。

「剣聖学院普通科一年のフランソワーズ・J・モンマスです」

どうぞ気安くフランと呼んでください、とはさすがに言えなかった。

## 第十三話 天与の才が支配する

空を舞台にサヤとモランの魔術戦が幕を開けた。

「――疾風刃！」

「――回水域！」

モランの風の刃を、サヤは水流で受け流した。

「――飛雷針！」

「――冷氷盾！」

モランの雷撃を、サヤは氷の盾で受け止めた。

（……なんなのですか、この少女は？）

早速モランは不審を抱いた。

もっぱらサヤはモランの魔術に対処するのみ。

「ええと――えいっ、桃爆雷！」

ときおり思い出したように攻撃するが、どうにもおざなりだ。

照準が甘(あま)く、魔術の選択も完全に間違っている。

桃爆雷(チェリーマイン)は設置型の爆破系魔術で、地上戦でこそ効果を発揮する。

術師であれば常識レベルの知識を、サヤは持ち合わせていなかった。

「一パーセントの小数点以下。空中戦で桃爆雷(チェリーマイン)が敵に直撃する確率です」

「いやだわ、わたしったら焦って間違えちゃった!」

口に手を当てて、しまったという顔をする。

(ふざけているのでしょうか?)

狙いは適当で魔術の選択も滅茶苦茶(めちゃくちゃ)。

戦闘(せんとう)における常識さえ知らない。

それでも彼女(かのじょ)は紛(まぎ)れもなく天才だった。

術式の構成を見ればわかる。

精緻極(せいちきわ)まる構造はモランを瞠目(どうもく)させるほどだった。

(学院始まって以来の天才魔術師(まじゅつし)。さすがは魔法使い(ヴァルプルギス)の夜会の紹介(しょうかい)ですね)

素人(しろうと)じみた拙(つたな)さと、達人顔負けの巧(たく)みさが同居する術師。

ちぐはぐさの解答を分析(ぶんせき)し終え、モランは言った。

「あなたは実戦経験がないのですね」

「ぎくぅっ……！　や、やっぱりわかっちゃう？」

事実サヤは実戦を経験したことがなかった。

人類最高の魔術師の名をほしいままにし、唯一「魔女」の称号を得たモルガン・ル・フェ。

前世のサヤは戦闘とは無縁の生涯を過ごした。

誰もがモルガンを「最高」の魔術師と認めたが、誰一人「最強」とは呼ばなかった。

「六〇パーセントから七〇パーセントへ上昇。私が勝利する確率です」

モランが淡々とした口調で言う。

「確率をさらに高めるとしましょう。――『飛晶聯子』！」

固有魔術を発動。

シュシュンッ！　モランを取り囲むように、合計一〇機の飛晶体が出現した。

大きさは拳大で、形状は正三角形を四枚張り合わせた正四面体。

飛晶体はモランから離れて戦域に散らばった。

「まあ素敵！　これが魔族さんの固有魔術なのねっ」

サヤはきょろきょろと首を振った。

見てのとおり危機感は欠片もない。

が、モランは呆(あき)れも憤(いきどお)りもしなかった。

「勝率七〇パーセントから八五パーセントへ上昇」

粛々(しゅくしゅく)と攻撃を仕掛(しか)けるのみだ。

「——飛晶聯子(プリズムビット)、反射光(リフレクション)！」

モランは手から魔力弾を射出する。

直接サヤは狙わず、近い位置の飛晶体(ビット)に着弾(ちゃくだん)させた。

キンッ！　魔力弾は三角形の面にそって反射した。

「あらあらっ？　これってまさか——」

キキキンッ！　飛晶体(ビット)から飛晶体(ビット)へと反射を繰り返す魔力弾。

そのたびに弾速(だんそく)が上昇し、魔力ポテンシャルも高まっていく。

ドシュゥッ！　最後の反射を経て、強化された魔力弾は背後からサヤに迫った。

「——冷氷盾(アイスシールド)！」

振り返えらずに氷の盾を発生させる。

術式の構築から発動までは、やはり特筆すべき速さだ。

が、せっかく展開した氷の盾は容易に貫通(かんつう)されてしまう。

「いやんっ！」

天象地儀の浮力を消して下方向に緊急離脱する。
モランの魔力弾は、長い黒髪の先を切り落としただけだった。
「もうっ、ひどいわ魔族さんたら！　この髪とってもお気に入りなのにぃ！」
頬をふくらませるサヤ。
切られたのは先端の十数本ほどで、髪型は崩れていない。
それでもサヤはえらく立腹していた。
「いかに精緻な術式を構築しようと、基礎魔術で固有魔術を防ぐことはできませんよ」
モランはまるで相手にしない。
「――飛晶聯子、拡散光！」
書類仕事でもこなすように、次なる魔力弾を撃ち出した。
飛晶聯子の陣形も変えている。
サヤを包囲する形から、自身の正面に集合させていた。
今度は魔力弾を反射しない。
飛晶聯子は三つの特性を使い分けることができるのだ。
魔力弾が飛晶体に接触する。
一機の頂点から正四面体の内部へと進入し、反対側の面に通り抜ける。

バララッ！　一発だった魔力弾が、数十発もの細かい散弾となって飛び出した。

集合した飛晶体は全部で一〇機。

すべてを通過したとき、微細化した魔力弾は数え切れない量だった。

サヤめがけて雨あられとそそがれる。

「もぅ、仕方のない子たちねぇ」

サヤは慌てず、おもむろに人差し指を弾いた。

ギュインッ！　無数の魔力弾の射線はねじ曲げられ、サヤを避けるような軌道を描いた。

「あなたも固有魔術を使えましたか」

モランはべつだん驚かない。

固有魔術は魔族の専売特許ではなかった。

人間の魔術師でも、才能に優れた者は固有魔術に「覚醒」する。

また固有魔術の術式は肉体ではなく魂に保存されている。

サヤが使ったのはモルガン時代に覚醒済みの固有魔術だった。

「勝率八五パーセントから八〇パーセントに低下。固有魔術の分析が必要と判断します」

再び拡散光を放ち、つづけて反射光に切り替える。

モランは矢継ぎ早に魔力弾を発射した。

「じゃあね、ばいばい、さよならー」

全弾をサヤは危なげなくしのいだ。

演技めいた手振(てぶ)りをまじえ、軌道をことごとくねじ曲げていく。

モランは微(び)に入り細を穿(うが)って観察した。

（斥力(せきりょく)を発生させている？　それとも重力レンズのような効果でしょうか？）

検証を進めるべく、モランは次なる手を打った。

「――飛晶聯子(プリズムビット)、収束光(コンプレッション)！」

飛晶体(ビット)を直列配置し、魔力弾を撃ちこむ。

正四面体の向きは拡散光(デフュージョン)と真逆。

底面から進入した魔力弾は、飛晶体(ビット)の内部で圧縮され頂点から飛び出した。

すかさず次の飛晶体(ビット)へと入り、同じ工程を瞬時(しゅんじ)に繰り返す。

直列配置の飛晶体(ビット)を砲身(ほうしん)に見立て、加速しつつ凝縮(ぎょうしゅく)されていく一発の魔力弾。

バシュォッ！　最終の一〇機目から射出されたのは、砂粒(すなつぶ)大の魔力凝集弾(まりょくぎょうしゅうだん)。

極小サイズの中に、途方(とほう)もない魔力エネルギーを秘(ひ)めた一発だ。

「あらあらんっ？」

ドゥッ！　サヤは魔力凝集弾を正面から受け止めた。

　これまでと違い、軌道はなかなか逸れてくれない。

「あっちへいきなさぁいッ！」

　グィンッ！　サヤがめずらしく声を張り、凝集弾を垂直に跳ね上げた。

「んもぉ、聞き分けのない子なんだからぁっ」

　依然としてサヤの固有魔術の正体はつかめない。

　が、さほど恐れるに足らないと結論づけた。

　サヤの固有魔術は、敵を直接は攻撃できないようだった。

「よく耐えている。だがあなたには攻め手がない」

　モランは結論を下した。

「勝率八〇パーセントから九五パーセント。まもなく確率は確定へと変わります」

「――ふふっ」

　ふいにサヤが微笑んだ。

「魔族さんって本当に分析が得意なのね」

　清純にして妖艶。

　二律背反の笑みに、モランは背筋がぞくりとした。

　もちろん見惚れたわけではない。

（ありえない、この私が悪寒（おかん）をっ……？）

　早々に決着をつけるべく、モランは動いた。

「――飛晶聯子（プリズムビット）、反射光（リフレクション）！」

　飛晶体（ビット）でサヤを包囲し、魔力弾を反射する。

「わたしも魔術の解析（かいせき）は大の得意なのよ。――こぉんなふうにねっ」

　ぱちんっ。サヤが軽く指を鳴らした。

　直後、異変が起きた。

　飛晶体（ビット）の半数の五機が、勝手に反射角を変えたのだ。

　キキキンッ！　反射された魔力弾はモランのもとへと返ってくる。

「つぅ！」

　たまらず回避するモラン。

　直撃は避けたが、激しい混乱と動揺（どうよう）に見舞われていた。

「飛晶体（ビット）が私の制御（せいぎょ）を離れた？　まさか、これはッ――!?」

　モランは驚天動地（きょうてんどうち）の顔で叫（さけ）んだ。

「乗っ取ったのですか、私の飛晶体（ビット）を!?」

「――固有魔術『万有如律（テンプテーション）』」

サヤの瞳が真紅色に輝いた。

「御名答よん。飛晶聯子の半分は、わたしの『支配下』に下ったわ」

五機の飛晶体が陣形から離れてサヤのもとに集った。

モランも魔力を送りこむが、受け付けない。

完全に制御を奪われてしまっていた。

「し、支配っ？　ありえない、他者の固有魔術を乗っ取るなど……！」

モランは小刻みに肩を震わせた。

「だからぁ、解析したって言ったじゃない。制御術式さえわかっちゃえば、あとは万有如律でこのとおりよ」

サヤの指に合わせ、五機の飛晶体は活き活きと空を駆け回った。

美しき女王の下僕となれたことを、心底喜んでいるかのように。

「固有魔術の術式を読み取り、解析したですとっ……⁉」

にわかには信じがたい。

そんな話は聞いたこともなかった。

術式の複雑さは、魔術のレベルに合わせて指数関数的に増大する。

この短時間で固有魔術の術式を解析するなど、人間業ではない。

いや、魔族にとっても大それたことだ。

「まさに天が与え給うた才。まったく末恐ろしいお嬢さんです」

「いえいえ、昔にくらべたらまだまだです」

戯言と判断し、モランは応じない。

「勝率九五パーセントから五五パーセント。大幅な低下を認めましょう」

それでも若干の有利は確保している。

あくまでも冷静にモランは分析していた。

「――飛晶聯子、収束光！」

「だったらわたしも――収束光！」

双方とも五機の飛晶体を一直線に並べる。

モランは手掌から魔力弾を、サヤは直下の天象地儀からマナ弾を発射した。

バシュオッ！　五機の飛晶体を通過した凝集弾が中空で激突する。

互いを喰らい合い、膨大な霊的エネルギーが放射された。

「――飛晶聯子、反射光！　拡散光！」

「こっちも同じく以下省略っ！」

五機ずつの飛晶体を縦横無尽に動かし、反射と拡散を繰り返す。

目が回るほどの壮絶な射撃戦が展開された。

（これは――分析のしがいがあるというものですッ！）

激戦を演じつつ、モランはある種の快感に酔いしれた。

刻々と変わる自身の位置と相手の位置。

魔力弾の数と飛晶体の座標と角度。

さらには的確な特性の選択。

相手の飛晶体とマナ弾も追わなくてはならない。

演算すべき事項は膨大。

モランは自慢の脳髄を全開稼働させていた。

「飛晶体の扱いは私に一日之長があるようですなぁっ！」

当初は互角だった撃ち合いだが、刻々とモランの優勢が明確になってきた。

サヤも健闘はしている。

初見で他者の固有魔術をここまで制御するとは、驚嘆を通り越してもはや狂気の沙汰だ。

しかし実戦においては、時として才能よりも経験がものをいう。

「分析完了！　あと三手で私の勝利ですッ！」

雄叫びを上げ、モランは勝負を決する魔力弾を放った。

一手、二手、三手――分析にたがわず、サヤのほうは弾切れだ。

モランはまだ三発の魔力弾を残している。

反射光からの収束光でとどめを刺す。

勝利への道筋は完璧に見えていた。

「勝率一〇〇パーセントッ！　これで確定――がはッ⁉」

まったく予期せぬ方向から、モランは四発のマナ弾を喰らった。

いずれも直撃。

右腕と左脚がちぎれ飛び、胸部と腹部に大穴を空けられた。

「はっ、え……？」

理解がおよばない。

一体どこから撃ってきた？

肉体のダメージにも増して、精神的な衝撃が大きかった。

「飛晶聯子、吸収光――ってところかしら？」

サヤが涼やかな声で言った。

「イ、吸収光ですとぉ……⁉　馬鹿な……知らないっ、そんな特性など私はッ……！」

「それはそうよ。だっていま即興で作ったんですもの」

「ンなッ……⁉」

モランは絶句するしかない。

ありえない。信じられない。常軌（じょうき）を逸（いっ）しているにもほどがある。

他者の固有魔術に、新たな特性を即興で付与（ふよ）するなど――！

「吸収光（イグザクション）は飛晶体（ビット）に当たった弾を、内部に取りこんで保存しちゃうのよ」

「まさかっ……私は優位に立ってなどいなかった……⁉」

壮絶な射撃戦の中、魔力弾の数的優位を確保できていると思いこんだ。

だがそれは錯覚（さっかく）だった。

サヤは自身の弾を飛晶体（ビット）の中に隠（かく）し、不利を演じてモランの油断を誘（さそ）ったのだ。

モランは完全に手の平の上で踊（おど）らされていた。

奪（うば）われた飛晶体（ビット）たちと同じように。

「さらに、吸収した弾は好きなときに発射できるのよ。こんなふうにねっ！」

五機の飛晶体（ビット）からマナ弾が連続発射された。

ドシュバッ！　モランは蜂（はち）の巣にされ、首から下を吹（ふ）き飛ばされた。

「わ、私は分析を誤っていた。あなたの魔術は上級どころか特級魔族にさえ比肩（ひけん）する
……！」

消滅の間際、モランは対戦相手に惜しみない称賛を贈った。

「勝率は完全なる〇パーセント……。それこそが、正しい……分析ッ……！」

直後、モランの頭部は塵と化した。

第十四話

# 不幸で不毛な二つの種族

「フランソワーズ様。人間と魔族はなにゆえ戦わねばならないのでしょうか？」

ラティが発したのは根本的な問いかけだった。

「それは……魔族が人間を襲うから、だと思いますけど」

「率直なご意見ですね。しかしながら、わたくしどもが襲撃するのは力ある人間、すなわち騎士や術師のみ。それは周知の事実かと存じますが」

「でも、オークやゴブリンは一般人も襲いますよね？」

「魔族にも不出来な連中は一定数いるのです。人間の中にも犯罪者や社会不適合者が紛れているのと同じこと」

ラティはコーヒーを一飲みしてつづけた。

「そうそう、わたくし気になって調べてみたのです。アバロン連邦国の統計によれば過去数十年にわたって、魔族に殺された人間の数より、同胞に殺された人間の数がはるかに多いのでございますよ」

「だからって、魔族が人間を殺していい理由には――」

「もちろんです。しかし魔族を絶滅させる理由にもならないのではありませんか？」

「絶滅って……」

「はて、それが人類の総意でございましょう。発見しだい問答無用で殺してしまうのですから」

フランは否定できなかった。

魔族は殺してもいい。むしろ殺さなければならない存在だ。

最後の一体がこの星から消えたとき、人類は真の平和を手にする。

幼いころからずっと信じて疑わなかった常識が、今かすかに揺らいでいた。

「なにゆえ人間はこれほどまでに魔族を憎悪し敵視するのでしょう？　過去の因縁から？　はたまた純粋な恐怖からでしょうか？　いえいえ、理由はもっと単純だとわたくしは考えます」

ラティは言った。

「人間は、人間以上の存在を許せないのでございますよ」

人間以上。

たしかに大半の魔族は大半の人間よりも生物的に優れている。

しかし――

「許せないって……人間は魔族に嫉妬しているとでも？」

「そう言い換えることもできましょう。ところでフランソワーズ様、仮に魔族が絶滅したとして、人類に真なる平和がもたらされると思いますか？」

「それは――」

思う、とは即答できなかった。

「わたくしは、むしろ逆だと確信しているのです」

対してラティは断言した。

「魔族がいなくなれば騎士も術師も無用の長物。となれば危険視され排斥されるのは目に見えています。現時点でもそのような兆候はあるはずですよ。フランソワーズ様にも思い当たるふしはございませんか？」

「ッ……！」

胸の奥深く、一番痛いところを衝かれた。

フランにはある。

思い当たるふしどころか、いまだに癒えない実体験の生傷が。

平民の家に生まれ、騎士や術師とは無縁の環境で育ったフランは、特別な眼を持っていたせいで散々嫌な思いをしてきた。

周囲の「普通」の人々は、フランを同じ人間だとは思っていなかったのかもしれない。

そしてそれは決して珍しいことではなかった。

世界中のあらゆる国や地域で、似たような事例は枚挙に暇がないはずだ。

「仕方のないことです。人間以上は、人間ではないのですから」

ラティの言葉が心に刺さる。

自分たちマナ能力者は、人間よりも魔族に近い。

その事実を実感させられていた。

「長くなりましたが、結論を申し上げましょう」

再度カップを手に取ってラティは言った。

「この不幸で不毛な状況を解消することが、わたくし共の最終目標なのでございますよ」

「ジン・アルトリウス、戦いの前に一つ明確に言っておく」
構えて対峙すると、カルバリンは言った。

「俺は小細工を好まない。望むのは全力の真っ向勝負のみだ」

「カルバリンといったか。貴様の言葉は愚問だな」

「なに？」

「真の強者であれば、相手に小細工などそもそもさせん」

カルバリンは口元を緩め、鋭く尖った牙を見せた。

「良き答えだ。お前の暫定戦力評価を『可』とする！」

出し抜けに突っこんでくる。

巨岩が突進してきたかのごとき威圧感。

俺は一歩も退かずに迎え撃った。

ギィンッ！　拳と剣がぶつかり合う。

見た目どおり巨大な魔力量の持ち主。

単純な力比べでは相手が上だ。

押し切られる前に、刀身を捌いて拳をいなした。

「もっとだ！　お前の太刀筋を見せてみろ！」

今度は左の拳が下から迫る。

暗蝕剣の刃を返して対応した。

ガッ、ギイインッ！　幾度(いくど)となく激突(げきとつ)する刃と拳。

力ではカルバリンに分があるが、技では俺が勝っている。

開戦直後の打ち合いは総じて互角だった。

「いいぞジン、戦力評価を『良』とする！」

傲然(ごうぜん)と吠(ほ)えるカルバリン。

見るからに高揚(こうよう)し活き活きしていた。

「貴様は根っからの戦闘狂(せんとうきょう)だな！」

「それが魔族の正しいありかたよ！」

ひときわ強烈(きょうれつ)な一撃(いちげき)がぶつかり合い、衝撃で距離(きょり)が開いた。

「さあジン、次は竜剣技(りゅうけんぎ)を見せてみろ！」

「いいだろう、水竜剣(けん)の試(ため)し斬(ぎ)りをしてやる」

暗蝕剣(ルインセイバー)を左腰に構える。

刀身にはすでにマナを練り上げていた。

「——水竜剣・一式『早瀬打(はやせう)ち』！」

ズォッ！　抜き打つと同時に放たれる流水の刃。

「ぬッ⁉」

カルバリンは両腕を交差させて防御を選択。
直撃。水刃が弾けた。
片腕は半ばまで断たれ、無数の飛沫が上半身に傷をつけた。
申し分ない威力だが、致命傷には至らない。
「竜剣技を生身で受け止めるか」
敵ながら称賛に値する耐久度だ。
「見事な剣技の冴えだ、ジン・アルトリウス……！　戦力評価を『優』とする！」
防御の構えを解かずに言う。
と、腕の切断面から真っ黒な血があふれ出した。
即座におかしいと気づく。
魔力のみで構成される魔族の肉体は、損傷を受けても出血などしない。
事実それは体液ではなかった。
黒い血は即座に固まり、右腕の損傷部と癒着した。
「やるなジン！　面白しアルトリウス！　この出会いに感謝するッ！」
カルバリンの魔眼がぎらりと輝いた。
ドシュルッ！　今度は全身から黒き血が噴出した。

黒き血は足先から頭の天辺まで覆い尽くし、瞬時にして固着する。

「――『暗纏血脈』黒鎧陣装！」

まさに黒き血の全身鎧。

腕も脚も胴もひと回り太くなり、巨人のごとき威容だ。

「血液の操作、それが貴様の固有魔術か」

正確には血液ではなく、体内を循環する流体状の魔力だろう。

「いかにもっ！　さあ受けてみよ！」

カルバリンが地を蹴って突進する。

巨大な大砲から放たれた黒き砲弾。

走るだけで地面がめくれ上がり、振動と衝撃が木々をざわめかせた。

俺は焦らず怯まず、静水の境地でマナを練り上げる。

カルバリンが間合いに入った刹那、暗蝕剣を右から左に薙ぎ払った。

「――水竜剣・一式改『早瀬返し』！」

ズパシュッ！　流水刃が黒き巨人を背後から撃った。

「ぬうォっ⁉」

飛沫が弾け、黒鎧陣装が損傷する。

カルバリンは衝撃でつんのめったが、足を止めない。

それどころか、流水刃の威力を利用してさらに加速した。

大量の魔力が送りこまれ、黒鎧陣装（ブルートメイル）の損傷部はたちどころに修復する。

「強引（ごういん）なやつめ」

苦笑（くしょう）しつつ暗蝕剣（ルインセイバー）を下段に構えた。

間合いを制するのが水竜剣の基本にして極意（ごくい）。

ここは距離をとる技の使いどころだ。

「――水竜剣・二式『奇逃水（くしにげみず）』！」

暗蝕剣（ルインセイバー）を振（ふ）り上げ、流水刃を放って後退する。

が、カルバリンはやはり止まらない。

「ぬるいわっ！」

両腕で流水刃を受け止め、左右にひろげて打ち払った。

ただでさえ硬（かた）かった本体が、黒鎧陣装（ブルートメイル）を纏（まと）っているのだ。

まさに鬼（おに）に金棒。

恐ろしいほどの耐久性能だった。

「まずは鎧を引き剥（は）がす」

意表をついて懐に飛びこみ、鋭い振りで左小手を狙った。

「――水竜剣・三式『荒打水』！」

暗蝕剣が黒鎧陣装に切り込みを入れる。

損傷は軽微だが、三式『荒打水』の本領はここからだ。

刀身にしたたるマナの水滴。

切っ先を介して黒鎧陣装を「冷却」していく。

「ぬうっ？　面妖なる技を……！」

固着していた血の鎧、その表層がにわかに溶け出し液状化した。

「冷却」されたことで溶けるとは妙な話だが、物理現象と魔術現象は往々にして一致しない。

暗纏血脈の術理では、液体より固体が高い魔力ポテンシャルを持つということだ。

「つぅうまらぁあんッ！」

カルバリンは大喝し、力まかせに暗蝕剣を振り払った。

俺が身をもって体験したように「冷却」の効果はしばらく持続する。

ところが敵は魔力を爆発的に活性化させ、溶け出した黒鎧陣装を強引に修復した。

これでは「冷却」の刃も形無しだ。

「まったく、呆れるほどの魔力量だな」

ここまで力押し一辺倒の魔族は珍しかった。

「つまらなし！　小細工は無用と言ったはずだぞジンッ！」

激昂して拳を叩き落としてくる。

「――水竜剣・四式『撥水の鎬』！」

俺は暗蝕剣を正中線に立てる防御技で応じた。

四式『撥水の鎬』は刀身にマナの水膜を生じさせ、最小限の動きで攻撃を受け流す技だ。

単なる防御に止まらず、有利な状況を作る点に強みを持つ。

シャッ！　カルバリンの力まかせの攻撃はまさに格好の獲物だった。

拳が刀身に沿って滑り落ち、カルバリンの体勢は大きく崩れた。

「なんのッ！」

すぐさま立て直して拳を振り上げてくるが、同じことだ。

四式『撥水の鎬』はあらゆる方向からの攻撃に対応している。

俺はカルバリンの攻撃を次々といなしていった。

「見事な技だが――なぜ反撃してこないッ!?」

「気にするな、これも鍛錬の一環だ」

「舐めるなァァッ！」

カルバリンが放ったのは、威力も速度も飛躍的に向上した回し蹴り。

受け止めたものの、さすがに威力を殺しきれなかった。

「むっ――」

衝撃で後方へと足が滑った。

「次だ！　次の技を出してみろジン・アルトリウス！」

カルバリンは俺を指差して言った。

「俺にはわかるぞ、貴様の剣が語っている！　まだ底は見せていないとなぁ！」

「ふっ……くくっ！」

ふいに俺は笑い出した。

「単純なくせに鋭いやつだ。俺の剣が語るとは面白いことを言う」

「さあ、お前の限界を見せるのだ！」

「悪いがそれを披露するのは当分先になる」

「ぬ？　どういう意味だ？」

怪訝な声を出すカルバリンに、

「今の俺の力は、本来の俺の百分の一にも満たないと言っている」

「くくっ――ぶわっはははぁッ！」

一拍の間の後、カルバリンは呵々大笑した。

「なんという大言壮語！　実に興味が尽きぬ男よ！　まさか俺以上の自信家に出会うとはなぁ！」

まくし立てながらカルバリンが突撃してくる。

迎え撃つ俺は、自身の中でマナの属性を切り替えた。

変幻自在に流れる青き水から、すべてを焼き尽くす赤き炎へと。

「――火竜剣・三式『烽仙花』！」

マナの粉塵をまとわせた暗蝕剣を真横に薙ぎ払った。

ガギンッ！　刃と拳は正面衝突し拮抗する。

威力は互角に思えたが、三式『烽仙花』は斬るだけで終わらない。

バゴゥッ！　カルバリンの拳が爆風に呑みこまれた。

「なんとっ⁉」

密着からの爆発。

手首から先が黒鎧陣装の小手ごと消し飛んだ。

「ここからは火竜剣の試し斬りといくぞ」

「面白し！　水の竜のみならず火の竜までも操るとは、全く至極面白しィッ！」

左手を吹き飛ばされたカルバリンだが、声は歓喜に染まっている。

生粋の戦闘狂だ。

「喜べジンっ、戦力評価は最高位の『秀』となったぞ！」

上級魔族とて肉体を欠損すれば即座に再生とはいかない。

だがカルバリンは例外だ。

黒鎧陣装は即席の義手のごとく、失われた拳を補填する。

「ならばこの技はどうだ」

機先を制して俺は仕掛けた。

「――火竜剣・二式『燐火斬り』！」

暗蝕剣を右手一本で持ち、柄頭の先端を握る。

切っ先に微細な火の粉をはためかせ、大きな弧を描いて振った。

狙うはカルバリンの右腕。

斬撃の威力は黒鎧陣装をわずかに削ぐていどだ。

ボウッ！　切り口が発火し、マナの炎が燃えひろがった。

「なんだこれはっ⁉」

またたく間に右腕の肘(ひじ)まで炎につつまれる。

逆の手ではたくが、そんなもので消えはしない。

「無駄(むだ)だ。その炎は魔力を燃料として燃えつづける」

敵を真っ向から斬り伏(ふ)せることを本懐(ほんかい)とする火竜剣。

だが魔族の中にはときおり、斬っても死なない輩(やから)がいる。

具体的には、液体や気体の体の持ち主だ。

そいつらを「焼却(しょうきゃく)」せんと考案したのが、二式『燐火斬り』だった。

「つまらなぁぁしっ！　この期に及(およ)んでなお小細工を弄(ろう)するとは何事かッ！」

「ならば力ずくでねじ伏せてみろ！」

「応よっ、言われずともッ！」

カルバリンは右腕を突き出し、肘の上を左手で握り締(し)めた。

「――暗纏血脈(ブラックヴェイン)、暴裂夜襲(ナイトクラスター)！」

右腕の燃焼部位(ねんしょうぶい)が膨(ふく)れ上がり、直後に破裂(はれつ)して砕(くだ)け散った。

「ほう――！」

燃焼部位の強制排出(はいしゅつ)による消火。

のみならず、これは遠距離攻撃(えんきょりこうげき)を企図(きと)した技だ。

四方八方に飛散した黒鎧陣装（ブルートメイル）の破片（はへん）は、高速の礫（つぶて）となって俺へと殺到した。

とっさに防御の技を発動。

暗蝕剣（ルインセイバー）の切っ先を下段に落とし、手首を返して振り払った。

「――火竜剣・四式『浄火払い（じょうかばらい）』！」

ズワッ……！　足元からマナの熱波が噴（ふ）き上がり、暴裂夜襲（ナイトクラスター）の礫弾（れきだん）を一つ残らず退けた。

「おおおッ！」

「はぁぁッ！」

間髪（かんはつ）をいれず、俺とカルバリンは踏（ふ）みこんで剣と拳を振るった。

俺は竜剣技を三連発し、カルバリンも暴裂夜襲（ナイトクラスター）を放った直後だ。

互いの消耗（しょうもう）が回復するまで、通常の斬撃と打撃（だげき）の応酬（おうしゅう）がつづく。

ドッ、ガッ、ギィンッ！　一撃ごとに速さと強さが高まっていく。

迫りくる決着の時を否応無しに予感させた。

「ジン、お前と俺はよく似ている！　否とは言わせんぞ！」

「なんの話だ！」

「お前の本質も戦闘狂だと言っている！」

黒鎧陣装（ブルートメイル）に隠されて表情はうかがえない。

が、やつはきっと笑っているに違いなかった。

「目を見ればわかる！　お前はこの熱き戦いを愉しんでいるのだッ！」

「違うなカルバリン、俺は戦いを愉しんでなどいない」

ガギンッ！　拳打を捌き、ただちに刃をひるがえした。

「俺が追い求めているのは戦いではなく、おのれ自身の『強さ』だと知れ」

「同じことだジン・アルトリウスッ！」

「決定的に違っているぞカルバリンッ！」

斬撃と打撃が正面衝突し、マナと魔力がせめぎ合う。

熾烈な乱撃戦は引き分けに終わり、衝撃波が両者を等しく弾き飛ばした。

すでに俺のマナは回復しきっている。

カルバリンも魔力の補充を完了したはず。

ならば今こそが、雌雄を決するとき――――！

「決着をつけるぞッ！」

「望むところよッ！」

同時に地を蹴り上げ、最後の真っ向勝負に突き進んだ。

カルバリンは右腕を大きく引いた構え。

拳に黒鎧陣装の魔力が集中し膨張する。
鉄塊のごとき荒々しい姿を現出させた。
ここへ来て初めて見せる大技。
確実に最大威力の一撃だ。
ならば俺も、いま放つことができる最大威力の技で迎え撃つのみ。
竜剣技の各流派において、技の構成はおおむね共通している。
一式は流派の根底を成す基礎的な技。
二式と三式には流派に幅を持たせる技。
打って変わって四式は防御的な技。
以上が「基本技」で、以降の「上位技」とは明確に区別されている。
とりわけ上位の先駆けとなる五式は特別だ。
各流派を代表する象徴的な「決め技」が例外なく組み入れられていた。
「————暗纏血脈、鉄血破拳ッ！」
カルバリンが鉄塊と化した右拳を全力で撃ち出した。
打撃の凄まじさたるや、暴力の権化と呼ぶに相応しい。
しかし——

ダッ！　俺は跳躍（ちょうやく）してカルバリンの頭上を取った。

空振（からぶ）りに終わった鉄血破拳（メガクラッシュ）が地面に叩きこまれる。

ズァッ――――！　大地を穿（うが）って膨大な魔力が解き放たれた。

が、カルバリンは小揺（こゆ）るぎもしない。

「小癪（こしゃく）な真似（まね）を！　逃（に）がしはせんぞォッ！」

上空の俺を振り仰（あお）ぎ、左手を膨張させ鉄塊を形成する。

「――鉄血破拳（メガクラッシュ）ウウッッ！」

カルバリンは渾身（こんしん）の力を乗せて拳を打ち上げた。

俺も暗蝕剣（ルインセイバー）を大上段に振り上げる。

「火竜剣・五式――」

暗蝕剣（ルインセイバー）を振り出した刹那、刃ではなく峰（みね）の側に爆発が生じた。

三式『烽仙花』の術理を応用した斬撃の加速。

爆風の尾（お）をたなびかせる刀身は、一式『炎襲（ほむらがさね）』にも増して燦々（さんさん）と赤熱していた。

これこそが、火竜剣の栄（は）えある五式を冠（かん）せし技――

「――『烈火（れっか）の太刀（たち）』ッ！」

カッ――――！　中空で『烈火の太刀』とカルバリンの鉄血破拳（メガクラッシュ）が激突した。

勝負は拍子抜けするほどあっけなくついた。

正確を期するなら、勝負にもなっていなかった。

ザシュアッ！　鉄血破拳の拳は紙切れのごとく断たれ、左腕が縦に両断された。

五式『烈火の太刀』はなおも止まらず、左目から左脚の付け根までを斬り裂いた。

俺の両足が着地する。

斬撃の余波が一〇〇メートルにわたって地面を断ち割った。

「ガッ――ギァァアアアアッッッ!?」

人ならぬ絶叫をほとばしらせるカルバリン。

バシャッ！　斬られた箇所のみならず、全身の黒鎧陣装が液状化して解除された。

俺は脳天から真っ二つにするつもりだったが、斬撃はわずかに逸れていた。

鉄血破拳がかろうじて『烈火の太刀』の威力を減じた結果だ。

それでも勝敗は決した。

黒鎧陣装は剥がされ、カルバリンが負った傷は深い。

『烈火の太刀』は「溶断」の刃でもあるため、焼灼された傷口は容易に再生しなかった。

「よもや、これほどとは、なァッ……！」

両膝をつき、息も絶え絶えになりながら、残された右目はまだ戦意を失っていなかった。

「天晴なり……ジン・アルトリウス！　お前を我が『宿敵』と認めよう……！」

「悪いがカルバリン、その座には先約がある」

俺の宿敵はマーリンただ一人。

カルバリンでは役者が不足していた。

「だいいち、貴様の生涯はもう幾許もない」

暗蝕剣の切っ先をカルバリンの頭に突きつけた。

人類と魔族の不幸で不毛な状況を解消する。

ラティが口にしたのは、まさに雲をつかむような話だった。

「……わかりません。解消ってなにをどうするつもりなんですか？」

フランは話の核心に踏みこんだが、

「名残惜しいですが、時間切れでございます」

ラティははぐらかして席を立った。

「フランソワーズ様、最後に一つお聞かせください。どうしてわたくしにその眼を使わなかったのです？」

白明心眼で心を読めば、ラティの言葉の真偽がわかる。

それどころか、口にしていない本音まで一目瞭然だ。

ところがフランは最後まで使おうとしなかった。

「ラティさんは、わたしと話がしたいと言いましたから」

フランは初めて魔族の名を呼んだ。

「そんな相手の心を読むなんて無作法にもほどがあります。殺されても文句は言えません」

「わたくしは、本当に良き御仁に巡り合えました」

ラティは微笑を浮かべた。

「それでは御機嫌よう。次回はフランソワーズ様のお口に合う豆を持参いたしましょう」

次の瞬間、ラティの姿は忽然と消え失せていた。

残されたのは、ぬるくなった飲みかけのコーヒーだけ。

「はぅ……」

フランは脱力して長嘆息をこぼした。

「寿命が何年か縮んだ気がしますよ。まさか特級魔族と会話するだなんて……」

めちゃくちゃ緊張した。

しかし途中から恐怖は綺麗さっぱり消え失せていた。

代わりに湧いてきたのは深い興味だった。

「人生なにがあるかわかりませんね」

つぶやいて、カップを口に運んだ。

「やっぱり苦っ。でも、ちょっと美味しいような……？」

今まではなにも知らなかったのだと、フランはつくづく思う。

コーヒーのことも、魔族のことも。

「カルバリン、知っていることをすべて話してもらうぞ」

「断る」

カルバリンは言下に否定した。

「俺は戦士だ。口で語る言葉など一語たりともない……！」

揺るぎない強固な意志。

口を割らせるのは不可能だと、俺は早々に判断した。

「ならば潔く往ね。さらばだカルバリン、その名は記憶しておくぞ」

魔族の脳天めがけて俺は暗蝕剣を振り下ろした。

「別れの挨拶は時期尚早にございます」

「ッ――!?」

唐突にカルバリンの姿が消え、気配が俺の背後へと移動した。

とっさに振り返ると、カルバリンの傍らにはもう一体の魔族の姿があった。

「お初にお目にかかります、ジン・アルトリウス様」

慇懃な態度で一礼したのは、小柄な女の魔族。

カルバリンと比較すると、大人と子供どころか巨人と小人だ。

魔族のくせに威圧感も存在感も異様に希薄だった。

まるで空気のように掴みどころがない相手だ。

「ラティ殿っ!?　戦いはまだ終わっていないぞ!」

カルバリンは抗議の声を上げたが、

「ご自愛くださいませ、カルバリン殿。貴方にはまだお役目がございますゆえ」

ラティがあやすように言った。

「う……!」

右目をなでられるとカルバリンは意識を失った。

「ラティといったな。次は貴様が相手か？」

「まさかまさか。用向きは撤収(てっしゅう)でございます」

「俺が逃がすとでも？」

「それはもう。なにせ貴方はとうに限界でしょうから」

バチュッ……！　俺の体のそこかしこから血が噴き出した。

体を支えられず、膝(ひざ)が崩れた。

「むぅっ……⁉」

『烈火の太刀』を使った反動だろう。

肉体的にも霊体的(れいたいてき)にも、ジンには時期尚早な技だったようだ。

「ご自愛くださいませ。ジン様は未来を嘱望(しょくぼう)されし若者なのですから」

「……答えろ、貴様は何者だっ？」

「わたくしは魔法使いの夜会(ヴァルプルギス)の使徒でございます」

「待てっ、その組織は一体なんだ⁉　魔法使いとは誰(だれ)のことだ！」

「いずれお話しする機会もございましょう」

ラティは問答無用だった。

「――『千異化生』」

ラティの背中に四枚の長大な闇の翼が出現する。

闇の翼は内向きに折りたたまれ、カルバリンごと包みこむ。

内側へと収縮していき、消える。

あとにはなにも残らない。

魔力の反応すら消え失せていた。

奇妙なことに、ほのかなコーヒーの残り香が鼻腔をついた。

「ちっ……。せめてマーリンのことぐらい訊かせろ」

暗蝕剣に身を預けながら俺はぼやいた。

◇◇◇

戦闘後、俺はサヤと大会本部で合流した。

「あらん、ジンくんってば血まみれのボロボロねぇ」

「お前は制服に染み一つ付いていないようだな」

「器の差ってところかしら」

「今のところはな。だが今回の戦闘で確信した。まだまだ未熟だが――このジンの肉体、成長力と潜在能力は底知れない」

パーヴェル戦とカルバリン戦を経て、加速度的に成長したことを実感する。鍛錬と実戦を重ねていけば、さらに上位の竜剣技も使えるようになるはずだ。

「ところで、新騎戦および新術戦は一回戦で中止みたいね。学生が一〇人も拉致されちゃったんですって。ジンくんの対戦相手だった子も被害者よ」

「ラティなる魔族の仕業だな」

「早業すぎてわたしも手出しできなかったわ」

「やつらの目的はなんだ？　魔族が人間をさらうなど聞いたこともない」

「わざわざ誘拐するくらいだし、すぐには殺さないと思うけど」

「だといいがな」

カルバリンも強かったが、ラティはその上をいく特級魔族だろう。

拉致の阻止はどのみち難しかった。

「いたいた。ジンくん、サヤさん、三人で話せますか？」

フランが駆け寄ってきて声をかけた。

とたんにサヤは警戒して、

「話ならわたしとジンくんの二人でするわ」

「お前は黙っていろ。なにがあった、フラン」

「はい。実はわたし、ラティって魔族としばらく会話をしたんです」

「なんだと？」

さすがに驚きを隠せなかった。

場所を変えてフランから話を聞く。

「わからんな。人類と魔族を和解させるなど夢物語としか思えん」

「拉致と関係があるんでしょうか？」

「あるはずだが見当もつかんな」

俺とフランは同時に唸った。

「人間以上の解消、すなわち全人類の均一化――あっ⁉」

サヤがなにかを閃いた。

「ジンくん、わたしわかっちゃったかも！」

「本当ですかサヤさんっ！」

「あなたには話してないわ……」

俺の背中に隠れつつサヤは言った。

「聖杯大戦でマーリンが最後に発動しようとしていた魔法、おぼえてる？」

「むろんだ。真月夢幻泡影だろう」

「ジンくんにも話してなかったけど、あれって全人類を強制的に魔族に転生させる魔法だったのよねぇ」

「なにっ……⁉」

「えぇっ……⁉」

俺とフランは同時にはっとした。

「不発に終わった真月夢幻泡影をもし再起動できたら――ラティの言う『不幸で不毛な状況』は解消されちゃうわよね。強制的に」

見えない糸に引かれるように俺たちは空を仰いだ。

いびつな形の月は、物言わずじっと見下ろしている。

母なる星と、そこに住まうすべての人類を。

「そ、それが本当だとしたら――」

フランが生唾を呑みこんだ。

「決まっている。俺の前で魔族に好き勝手はさせん。学生たちを取り戻し、魔法使いの夜会の正体を暴き、真月夢幻泡影は阻止する。必ずな」

俺はいびつな月を睨(にら)みつけた。

# あとがき

前回本を出してから本当にえらい時間が経ってしまいました。若桜拓海です。

ところで皆さんはゲームのストーリーについてどのていど重きを置いていますか？　僕の場合、小学生から中一くらいまでは「ストーリーとかわからんしどうでもいい」で、中学生から二〇代前半くらいまでが「ストーリー命！　最重要！」で、それからはゲーム自体しない時期がけっこうあったりして、現在は「ストーリーは良いに越したことはないけどアクションの出来ややりこみ要素のほうが大事」という感じです。

そもそもゲームのストーリーって、僕たちプレイヤーにとっても「どう評価するか？」が難しい代物だと思います。なぜかって言うと、小説や漫画やアニメや映画なんかと違って、確固たる評価軸が今なお定まっていないからじゃないでしょうか。「素晴らしいゲームのストーリーとは？」に対する答えが人によって千差万別ということです。

ちなみに僕自身「ストーリーがとても良かった」と思うゲームは「マザー2」「クロノトリガー」「FF10」「ラスアスパート1」あたりでしょうか。おもっくそ有名どころばかりですね。ただし最初の三つのタイトルは再プレイしてないので思い出補正が強烈にかかっているかもしれません。「ラスアスパート1」も自由度が極端に低いゲームデザインなので、ストーリーが合わない人にとっては名作足り得ないでしょう。実際ストーリーが賛否両論で評価が真っ二つに割れてしまったのが「ラスアスパート2」なわけですしね。パート2に対する僕の評価は「とんでもなくすごい」けど「面白いとは言えない」し「もう一度プレイするのはキツい」といった感じです。この作品、考察も含めて語りたいなとは思ってるんですが、如何せん旬は過ぎてるよなぁ。

話を戻しますと、ゲームのストーリーにおいて最重要なのは「クリエーターが意図した方向性」と「プレイヤーに与えられた自由度」のバランスであって、その最適解を求める試行錯誤が現在も続いているのだと思います。しかしまあ難しいですよね。

たとえば「さあ宿敵との決戦だ！」とダンジョンに突入しても、キャラクターが操作できてしまうと僕たちプレイヤーは宝箱を探してあちこち寄り道せずにはいられません。自らストーリーへの没入感を削ぐ行為に邁進しているわけですが、ゲームである以上これをやらないわけにもいかないので如何ともしがたい。などということを「FF16」を遊びながら思ったりしました。まだクリアできてないです。

令和五年七月　若桜拓海

# 最強無名の剣聖王1

～没落した子孫に転生した四百年前の英雄、未来でも無双して王座を奪還する～

2023年9月1日　初版発行

著者――若桜拓海

発行者―松下大介
発行所―株式会社ホビージャパン

〒151-0053
東京都渋谷区代々木2-15-8
電話　03(5304)7604（編集）
　　　03(5304)9112（営業）

印刷所――大日本印刷株式会社

装丁――木村デザイン・ラボ／株式会社エストール





Printed in Japan

ISBN978-4-7986-3267-4　C0193



**ファンレター、作品のご感想お待ちしております**

〒151－0053　東京都渋谷区代々木2－15－8
(株)ホビージャパン HJ文庫編集部 気付
**若桜拓海 先生／黒獅子 先生**